AF176732

Ein schöner Tag

Zwanzig
und vier Geschichten

Tanja Metternich
Ratbil Ahang

20 und 4 Geschichten

Impressum

Titel: Zwanzig und vier Geschichten

Ein schöner Tag

Autoren: Metternich, Tanja / Ahang, Ratbil

Buch-Cover: Sia Mehdi Shamel

Bonn 2021

2. Auflage

Kontakt: ahang@gmx.de

© 2021 Ahang, Ratbil; Metternich, Tanja

Herstellung und Verlag: BoD – Books on Demand, Norderstedt

ISBN: 978-3-7534-7931-6

Du bist deine eigene Grenze, erhebe dich darüber.

Hafez

20 und 4 Geschichten

Inhalt

20 und 4 Geschichten

Warum dieses Buch?

Eva Metternich

Ratbil Ahang und Tanja Metternich. Ein Autorenpaar, wie es unterschiedlicher nicht sein könnte. Ratbil Ahang, geboren 1974 im weit entfernten Kabul in Afghanistan, wuchs auf in einem Land, das nach einer kurzen Phase der Demokratie im festen Griff einer neuen Diktatur kaum Luft zum Atmen bekam. Kurz nach seiner Einschulung marschierte die Rote Armee ein. Seine Kindheit verbrachte er einerseits in einem von Krieg und Gewaltherrschaft zerstörten Land, andererseits aber wurde er in der humanistischen Tradition der Sufi-Weltanschauung erzogen.

Die Sufi-Philosophie ist die mystische Seite des Islams und plädiert dafür, dass die Liebe zu Menschen und Natur die Grundlage des Lebens sein sollte. In der Schule lernte Ratbil die klassischen persischen Dichter und Denker kennen und Zuhause, durch die große Bibliothek seiner Eltern, machte er vor allem die Bekanntschaft mit russischen und französischen Schriftstellern. Die Literatur war für ihn der beste Zufluchtsort vor dem furchtbaren Kriegsalltag.

Seine Eltern schickten ihn Anfang 1989 nach Deutschland, wohin schon zuvor ein Teil der Familie geflüchtet war.

In Viersen/Mönchengladbach besuchte er die Schule und in Köln studierte er Politik und Islamwissenschaften. Ratbil Ahang arbeitete rund 20 Jahre als Journalist, ist verheiratet und Vater von zwei Kindern. Zurzeit ist er als Dozent tätig.

Auf der anderen Seite Tanja Metternich, verheiratete Weber. Sie ist geboren und aufgewachsen in Kerpen-Horrem, einem kleinen

9

Vorort von Köln in Nordrhein-Westfalen. Ihre Familie erzog sie in der christlich-rheinischen Tradition. Sie feierte früh Karneval, musste sich in der Schule mit Goethe, Schiller oder Hermann Hesse herumschlagen und zumindest an Weihnachten in die Kirche gehen. Die meiste Zeit ihrer Kindheit verbrachte sie draußen, bis die Schule richtig losging und sie ihre Liebe am Lesen und Geschichtenausdenken entdeckte.

Ihr Traum war es immer, eines Tages einen Roman zu schreiben. Auf Anraten vieler machte sie nach ihrem Abitur aber dennoch eine Ausbildung zur Bankkauffrau und zog 1998 mit ihrem damaligen Lebensgefährten in die Nähe von Stuttgart. Neben der Arbeit und der Erziehung von ihren drei Töchtern blieb sie der Literatur als Leserin und Verfasserin von eigenen Texten treu. Mittlerweile hat sie in einem Pflegeheim in der Nähe eine Ausbildung zur Altenpflegerin abgeschlossen. Sie sagt: „An welchem Ort finden sich mehr Geschichten?"

Als die beiden Autoren sich 2014 kennenlernten, stellten sie schnell fest, dass beide seit

Jahren Geschichten schreiben und die Literatur Teil ihres Lebens geworden ist. Wie kam es nun, dass zwei so unterschiedliche Menschen aus völlig verschiedenen Welten eine Schreibpartnerschaft und darüber hinaus eine tiefe Freundschaft entwickeln konnten? Nun, Ratbil Ahang und Tanja Metternich stellten sich im Laufe der Zeit gegenseitig die Frage, was simple Worte in uns auslösen. Was verbinden wir zum Beispiel mit den Begriffen wie Berg oder Hütte oder Leibgericht? Sie fragten sich weiterhin, welche Geschichten Menschen, die unterschiedlich sozialisiert worden sind, beim Klang von bestimmten Ausdrücken einfallen?

Um auf diese Fragen eine Antwort zu finden, haben die beiden Schreibpartner entschieden, ein Experiment zu starten. Die zielführende Methode sah vor, dass sie sich gegenseitig ein Wort oder einen Satz vorgeben und schauen, was dies in ihnen auslöst. Also, welche Geschichten durch die vorgegebenen Nomen, Verben oder Adjektive hervorgebracht werden. Das heißt: Wenn der eine Schreibpartner dem anderen den Begriff Hütte vorgeschlagen hatte, so mussten beide zum selben Thema eine Geschichte schreiben.

Das Ergebnis dieses Experimentes sind viele höchst unterschiedliche Geschichten, von denen 24 nun zur Veröffentlichung ausgesucht worden sind. Zum jetzigen Zeitpunkt können die beiden Schreibpartner auf die eingangs gestellten Fragen nun eine klare Antwort geben: Wir alle tragen zum Teil sehr unterschiedliche Geschichten in und mit uns. Diese Geschichten sind uns von unseren Erfahrungen im jeweiligen Kulturkreis erzählt worden und warten darauf, wiedergegeben zu werden.

Das vorliegende Buch „Ein schöner Tag: 20 und 4 Geschichten" möchte erheitern, nachdenklich stimmen – und vielleicht auch dazu anregen, sich selbst einmal zu fragen: Welche Gedanken lösen die Titel dieser Geschichten in mir aus?

Ein schöner Tag

Ratbil Ahang

Alle im Saal weinten – egal ob alt, jung, Mann oder Frau. Es war kein schöner Tag für diese Exilanten-Gruppe in Hamburg. Alle sahen tieftraurig aus. Die jungen Männer wirkten zusätzlich noch ausgesprochen irritiert. Sie hatten ihre Väter noch nie oder nur äußerst selten weinen sehen. „Ein Mann weint nicht", mit diesem Slogan waren sie erzogen worden.

Doch nun mussten sie feststellen, dass ihre Väter, die ausnahmslos Kinder des Krieges waren, herzzerreißender heulen konnten als ihre Mütter. Aber vielleicht musste es auch so sein, dachten die jungen Männer, denn nicht jeden Tag bekam man derart schockierende Nachrichten.

Es hieß, dass die Stadt Malakan, die Heimatstadt der Menschen im Saal, von gegnerischen Truppen erobert worden war. Anfangs konnten diese Meldungen nicht bestätigt werden. Zudem hatte man gelernt, mit Nachrichten, die man aus der umkämpften Heimat erhielt, vorsichtig umzugehen. Sie wurden oft verfälscht. Die verschiedenen Volksstämme, die in ihrem Geburtsland gegeneinander kämpften, verbreiteten jeweils eigene Informationen. Aber jetzt bestand kein Zweifel mehr. Seit drei Tagen wurden ihre schlimmsten Befürchtungen übertroffen.

Die Nachrichtenlage war eindeutig, auch ausländische Medien berichteten über die Massaker in Malakan.

Zwar kannte keiner die Einzelheiten, doch es wurde berichtet, dass am frühen Donnerstagmorgen rund 5000 bewaffnete Männer in die Stadt eingedrungen waren. Gegen Abend waren die Magazine ihrer Kalaschnikows leer von Kugeln und die Stadt von lebenden Menschen. Nur Säuglinge und kleinere Kinder hatten die Krieger verschont. Sie hatten strikte Order, keine Munition zu verschwenden. Die Kinder würden ohne ihre Eltern sowieso verhungern, hieß es in der besagten Order.

Die aktuellsten Informationen aus der Stadt legten nahe, dass die Angreifer sich in ihre Stellungen in den Bergen zurückgezogen hatten. Malakan solle wieder unter Kontrolle der eigenen Stammes-Truppen sein. Ob Überlebende gefunden wurden, wie es den Säuglingen und Kleinkindern ging, wusste man nicht. Einige Exilanten waren, allen Gefahren zum Trotz, aus Hamburg nach Malakan aufgebrochen, um ihren Toten die letzte Ehre zu erweisen. Im Saal hoffte man, von ihnen bald Näheres über die Situation in ihrem Heimatort zu erfahren.

In dem großen Saal, wo sonst Hochzeits- und Trauerfeiern der Exilgemeinde begangen wurden, hatten die Veranstalter eine provisorische Bühne aufgebaut. Wie bei allen politischen Veranstaltungen standen dort allerlei Aktivisten, Dichter und Schriftsteller und heizten die Stimmung an. Auch ihren Reden und Gedichten war es zu verdanken, dass kein Auge im Saal trocken blieb. Alle hatten das Gefühl, nie wieder glücklich sein zu können. Sie dachten nur an eines: Rache. Jeder sollte seinen Teil dazu beitragen, jede Familie Geld und waffenfähige Männer zur Verfügung stellen.

Ein neuer Redner trat auf die Bühne. Er wirkte aufgeregter als alle anderen und lächelte freudig, als er die Trauernden um Aufmerksamkeit bat. „Liebe Freunde, liebe Freunde", rief er wie jemand, der es kaum erwarten konnte, die schönste Nachricht des Jahres zu verkünden, „unsere Freunde sind vor Ort angekommen. Ich habe eben über Handy mit ihnen gesprochen. Unseren Leuten, unseren Verwandten geht es gut ..."

Was hatte er gesagt?

Ein ohrenbetäubendes Gemurmel erfüllte plötzlich den Saal. Keiner weinte mehr. Ein jeder wollte verstehen, was er gerade gehört hatte. „Was soll das heißen?", riefen die einen. „Hast du deinen Verstand verloren?", schrien die anderen. Der Redner hatte es nicht leicht, die Gemüter zu beruhigen. Er gestikulierte wild und flehte die versammelte Menge an, ihn ausreden zu lassen. „Lasst es mich doch erklären, lasst es mich doch bitte erklären", bat er immer wieder die aufgebrachte Menschen.

Langsam kehrte ein wenig Ruhe ein. Der Redner setzte seine Ansprache fort. „Also: Unsere Leute sind vor Ort. Der Stadt geht es gut und auch unseren Verwandten. Nicht die Stadt Malakan wurde zerstört, sondern die Stadt Nalakan. Es waren unsere Truppen, die die Stadt Nalakan heldenhaft erobert haben. Alles andere stimmt, man hat nur die Namen der beiden Städte verwechselt ..."

Jubel. Ein Jubel der unbändigsten Freude brach aus. Jeder schrie aus voller Kehle, jeder umarmte jeden. „Was für ein schöner Tag!", riefen die Aktivisten, Dichter und Schriftsteller pausenlos von der Bühne aus. „Diesen schönen Tag, diesen Sieg werden wir jedes Jahr feiern."

Und irgendwo, in einer anderen Stadt, in einem anderen Saal, tanzten und lachten die Menschen nicht mehr. Sie alle weinten, egal ob alt oder jung, Mann oder Frau. Ihr schöner Tag war vorbei.

Ein schöner Tag

Tanja Metternich

Auf dem Weg nach Hause ließ er seine Hand über die hohen Gräser streifen. Sie kitzelten nur ganz leicht ihre Innenseite. Alles erschien ihm auf einmal anders. War er plötzlich erwachsener geworden? Ihm war warm. Schön warm. Okay, es war Sommer. Lediglich seine Ohren brannten. So hatte er sich noch nie gefühlt. Das war toll! Großartig!

Heute Morgen war das noch ganz anders gewesen. Er hatte eine Strafarbeit aufbekommen und das für etwas, wofür er überhaupt nichts konnte. Es war Tobi, der wieder nicht aufhören konnte, ihn während des Unterrichtes zu ärgern. Er hatte ihn getriezt, ständig in die Seite gezwickt, seinen Radiergummi mit einem Bleistift bearbeitet, dass er jetzt aussah wie ein Stückchen Käse. So ein Blödmann! Immer machte er ihm alles kaputt! Tobi hatte ihm so lange zugesetzt, bis er schließlich völlig genervt aufschrie: „Lass mich endlich in Ruhe, du Arsch!" Gleichzeitig fegte er dessen Mäppchen und Bücher vom Tisch.

Tobi hatte ganz schön verdutzt geguckt, und er sich über sich selbst gewundert. Frau Zwicker, seine sowieso doofe Lehrerin, die an der Tafel stand, fuhr herum und warf das Stück Kreide, das sie gerade in der Hand hielt, nach ihm. Es traf nicht ihn, aber mit lautem Peng seine Tischplatte. Er erschrak so sehr, dass er von seinem Stuhl aufsprang. Sie eilte zu ihm und baute sich drohend vor ihm auf: „Falk Esser! Du kommst nach dem Unterricht sofort zu mir!" Das dämliche Grinsen auf Tobis Gesicht entging ihm nicht.

Falk setzte sich schnell wieder und machte sich auf seinem Stuhl so klein er konnte. Er

20

war wütend und fühlte sich ungerecht behandelt. „Und du hebst diese Sachen augenblicklich auf!" Erstaunt blickte er zu ihr auf: „Was?"

„Du hast mich schon verstanden, Falk. Aufheben! Jetzt gleich!" Sie stand vor ihm mit vor der Brust verschränkten Armen und deutete nur mit den Augen in die entsprechende Richtung. Das war der Hammer! Sie stellte ihn doch glatt vor der ganzen Klasse bloß. Das war so gemein! Um ihn herum war es mucksmäuschenstill geworden. Alle beobachteten ihn. Er spürte, wie Hitze in seine Ohren stieg, doch er gehorchte.

Frau Zwicker setzte ihren Unterricht fort. Während Falk sein Zeug mit hochrotem Gesicht einsammelte, um es zurück auf den Tisch zu legen, kickte Tobi mehrmals mit seinen Fingern Stifte zurück. Falks Gesicht brannte. So ein Mistkäfer! Beim ungefähr zehnten Stift nahm Falk eines der Bücher und knallte es wütend und mit voller Wucht vor Tobis Nase auf den Tisch.

Der Rest war klar: Frau Zwicker stürmte erneut auf ihn zu, schnappte sein Handgelenk, gab der Klasse Anweisungen zur Stillarbeit und schleppte ihn zum Rektor.

Das Übliche. Gespräch. Predigt. Vater angerufen. Info wegen Nachsitzen. Nachsitzen im viel zu heißen Klassenzimmer. Es war nach Süden ausgerichtet, unerträglich heiß und stickig. Der Geruch pubertierender Kinder der letzten Unterrichtsstunde mehr als deutlich.

Doch er war nicht allein. Melanie, das Mädchen mit den langen, hellbraunen Haaren und den großen, grünen Augen aus der Nachbarklasse, war auch da.

Das Mädchen, von dem Tobi behauptete, dass es auf ihn stehe. Er wusste nicht, was sie wohl angestellt haben mochte.

Konnte sie überhaupt etwas anstellen? Sie sah gar nicht so aus. Sie lachte viel mit ihren Freundinnen in der Pause, saß aber auch gern mal abseits unter dem großen Baum am Rand des Pausengeländes.

Leider konnte er sie nicht fragen. Die doofe Zwicker saß hinter ihrem Pult und passte gut auf die beiden auf, während sie versuchten, ihre Strafarbeiten zu erledigen. Ihm war es viel zu warm, als dass er sich konzentrieren konnte. Er spürte, wie sein T-Shirt durch den Schweiß an seinem Rücken klebte. Melanie saß zwei Tische neben ihm am geöffneten Fenster.

Trotz des Luftzugs, der ihre Haare bewegte, hatte sie Schweißperlen auf der Stirn und ihrer schönen Nase.

Sie saß leicht vornübergebeugt und schrieb konzentriert an ihrer Arbeit. „Falk?" Ertappt zuckte er zusammen. „Willst du fertigwerden oder morgen noch einmal länger bleiben?", fragte Frau Zwicker mit hochgezogener Augenbraue.

Schon wieder wurde er rot, wandte sich jedoch seiner Aufgabe zu. Blöde Alte!

Nach einer Stunde, die sich anfühlte wie fünf, durften sie endlich gehen.

Seite an Seite verließen sie schweigend nebeneinanderher schlendernd das Schulgebäude. Das Hinaustreten fühlte sich an, als beträten sie einen vorgeheizten Backofen. Beide stöhnten gleichzeitig auf und blieben stehen, als wären sie vor eine Wand getreten. Die schwere Holztür des Schulgebäudes

23

fiel hinter ihnen mit einem lauten Rumms ins Schloss.

„Puh", entfuhr es ihnen gleichzeitig. Sie sahen sich an und fingen an zu lachen. Obwohl es hier draußen alles andere als kühl war, war Falk froh, dem heißen Klassenzimmer und der Zwicker entkommen zu sein.

Gelöst und ohne nachzudenken, als würde er seinen Kumpel Max auffordern, fragte er: „Wollen wir zusammen Eis essen gehen? Ich lad´ dich ein."

Für einen kurzen Augenblick verschwand ihr Lächeln. Wurde sie etwa gerade rot? Hatte er etwas Falsches gesagt? Oh Gott! Wie hatte er so blöd sein können? Als ob sie Lust hätte, mit ihm ein Eis zu essen.

„Tschuldigung", stammelte er zerknirscht und blickte auf seine Füße, „ich dachte nur …".

„Gern, warum nicht?" Er sah sie an. Ihre Augen schienen zu funkeln und sie lächelte wieder. Sie sah so hübsch aus!

Bis zur Weggabelung am Rande des Dorfes hatten sie ihr Eis vollständig verdrückt. Er hätte eigentlich noch ein zweites essen können. Den ganzen Weg mit ihr Eis schleckend und herumalbernd noch einmal gehen wollen. Er fühlte sich so im Rausch mit ihr, dass er genau das zu ihr sagte. Kaum war es raus, biss er sich auf die Zunge.

Das konnte doch nicht wahr sein, er war doch sonst nicht so! Sie lächelte ihn lediglich wieder mit diesem besonderen Lächeln an.

„Warum nicht?", meinte sie schlicht, beugte sich vor, und küsste ihn sacht auf seine linke Wange, „bis morgen also."

Er nahm nur noch ihre Augen und ihre Lippen wahr, fühlte sich wie elektrisiert. Sie hatte nach Erdbeereis gerochen. Ein Krümel klebte an ihrem Kinn. Sie drehte sich einfach weg und ging.

Er selbst blieb, wo er war und sah ihr hinterher. Ihre Haare wippten bei jedem ihrer Schritte. Erst als sie sich abermals zu ihm umdrehte und winkte, erwachte er aus seiner Erstarrung.

Seine Hand wanderte zu ihrem Kuss, dem Kribbeln auf seiner Wange, dass er bis in den Magen spürte. Ganz leicht und zart und unglaublich heftig. Er winkte ihr zurück. Als sie sich wieder wegdrehte, fiel ihm ein, ihr hinterher zu rufen: „Ja, bis morgen."

Sie lachte, hob erneut die Hand und verschwand hinter der nächsten Ecke.

Die Wiesen an den Seiten seines Weges wogten im leichten Sommerwind. Ihm wurde bewusst, wie gern er täglich diesen Feldweg entlangging.

Tobi kam ihm entgegen. Er hatte wieder dieses gemeine, herausfordernde Grinsen im Gesicht. „Na?", fragte er gehässig, „wie war das Nachsitzen?"

Als sich ihre Wege trafen, zogen sich Falks Mundwinkel noch weiter nach oben: „Es war herrlich Tobi! Wir haben Eis gegessen."

Ohne weiter auf Tobi zu achten, ging er weiter.

Das Lächeln auf Falks Lippen schien ihm auf angenehme Art und Weise unauslöschlich. Ein Lachen entfuhr ihm. Er beschleunigte seine Schritte. Das Kitzeln an seinen Handflächen wurde intensiver.

Dieses Glücksgefühl war der Wahnsinn! Er strahlte. Morgen, hatte sie gesagt. Seine Au-

gen leuchteten, und er rannte überglücklich
nach Hause.

Dumm gelaufen

Tanja Metternich

Sie saß noch allein an einem der Tische in diesem gemütlichen Restaurant. Es war alles in dunklem Holz gehalten, an den Natursteinwänden verströmten Kerzen in rustikalen Haltern ein warmes Licht. Schon oft war sie an den Fenstern vorbeigekommen und hatte hineingeschielt, aber hereingekommen war sie heute das erste Mal.
Gedankenverloren ließ sie den Löffel in ihrem Cappuccino kreisen.

Sie war zu früh hier gewesen. Nachdem sie den Laden abgeschlossen hatte, wollte sie nicht nach Hause fahren. Ihr Mann würde wie meistens nicht vor 22:00 Uhr zu Hause sein. Sie sahen sich immer seltener. Oft schlief sie bereits, wenn er zurückkam und verließ die Wohnung, ehe er aufstand. Zu Anfang seines Ausbleibens hatte sie versucht ihn im Büro zu erreichen. Niemand hob ab. Sie durchwühlte mit klopfendem Herzen seine dunkelbraune Aktentasche. Fand aber nichts.

Nun saß sie hier. Auf Wunsch ihrer Freundin Birgit.

Eines Tages war Birgit einfach in Iris` Stoffgeschäft hereinspaziert. Sie fragte um Rat in Bezug auf verschiedene Farbkombinationen. So kamen sie ins Gespräch.

Birgit kam immer regelmäßiger. Irgendwann brachte sie Kuchen mit und Iris reichte den Kaffee dazu. Es waren immer nur kurze Treffen gewesen. Aber dennoch sehr unterhaltsam. Jeder erzählte ein wenig von seiner Familie.

Ihre Freundin lebte allein mit ihren zwei Kindern. Von einem Mann sprach sie nie. Bis vor etwa zwei Monaten.

„Iris, ich habe jemanden kennengelernt", Birgit nippte an ihrem Kaffee und schaute sie über den Tassenrand hinweg an.

Iris stach einen Bissen Kuchen auf ihre Gabel.

„Ach ja?"

„Ja."

„Wen denn?"

„Einen Mann!"

Iris lachte: „Tatsächlich?" Sie balancierte ein weiteres Stück zum Mund.

„Und? Nett?"

Birgit wurde rot. Ihre Augen funkelten. „Oh ja!"

Vor zwei Tagen hatte sich irgendetwas verändert. Iris konnte nicht genau sagen, was es war. Birgits sonst so mitreißender Enthusiasmus war – anders. Sie wich ihr aus und wirkte nachdenklicher. Iris fragte sich, ob es etwas mit diesem Mann zu tun haben könnte. Sie wusste, wie unsicher Birgit sich in Bezug auf eine Beziehung fühlte.

Gestern war sie auf Iris zugekommen. Birgit schaffte es kaum, ihr in die Augen zu sehen.

„Iris, könntest du mir einen großen Gefallen tun?"

„Aber natürlich! Was ist denn los?"

„Du hast doch eine so gute Menschenkenntnis, und, ach Iris, ich bin mir so unsicher! Wir wollen uns morgen treffen. Ich weiß einfach nicht mehr, was richtig ist. Könntest du mitkommen, bitte?"

Iris fand die Bitte ungewöhnlich, doch Birgit erschien ihr als eine ungewöhnliche Frau, warum also nicht?!

Jetzt trat Birgit an ihren Tisch

„Oh schön, du bist schon da!"

Birgit zog sie an sich, ohne ihr Zeit zu geben, kurz aufzustehen, und drückte ihr einen flüchtigen Kuss auf die Wange.

„Er kommt." Sie zog hektisch ihren Mantel aus. „Er hat mir gerade eine SMS geschickt. Er ist schon auf dem Weg." Ganz außer Atem drapierte sie, bereits sitzend, ihren Mantel hinter sich auf die Stuhllehne. „Könntest du bitte auf die Toilette verschwinden?", flehte sie.

„Was? Warum denn das?"
„Bitte. Tu's einfach. Ich bin so unglaublich nervös. Und nimm dein Handy mit. Ich schreibe dir, wenn er da ist!"
Iris blickte sie irritiert an. „Bitte, schnell!" Iris stand auf, nahm ihr Handy und ging zügig zur Damentoilette. Birgit machte es ja spannend! Wenige Augenblicke später bekam sie die SMS von Birgit. Es ließ sich nicht verhindern, dass bei all dem nun auch sie eine leichte Nervosität empfand.
Bis sie aus der Tür trat und den Mann am Tisch ihrer Freundin erblickte und erstarrte.
Sie sah ihm direkt in die Augen. Nach wenigen Augenblicken des Innehaltens ging sie schnurgerade auf ihn zu. Er umklammerte mit beiden Händen seine dunkelbraune Aktentasche als suchte er Halt. Birgit erhob sich. „Hallo, da bist du ja wieder."
Ein missglücktes, nervöses Lächeln umspielte ihre Lippen. Iris schenkte ihr keine Beachtung. Ihre Aufmerksamkeit galt diesem Mann. Sie legte den Kopf leicht schräg, beobachtete seine Schluckbewegung am Hals. Er schien Schwierigkeiten mit dem Schlucken zu

haben. Iris empfand eine ungewöhnliche Ruhe und Klarheit und wandte sie sich ihrer Freundin zu.

„Gibst du mir bitte meine Jacke?"

Birgit reichte sie ihr über den Tisch hinweg. Jetzt war es Birgit, die Iris nicht aus den Augen ließ.

„Birgit, dieser Mann ist nichts für dich." Iris sah ihn wieder an. „Er ist es nicht wert", sie blickte zurück zu Birgit, „überleg es dir gut, du hast etwas Besseres verdient." Damit wandte sie sich ab und verließ diesen zuvor liebgewonnen Ort auf direktem Weg.

Birgit und der Mann sahen ihr nach. Er mit Schluckbeschwerden, die Tasche fest im Griff, und sie mit einem wissenden Lächeln auf den Lippen.

Dumm gelaufen

Ratbil Ahang

In seinem Kölner Lieblingscafé war wieder einmal kein Stuhl frei. Unentschlossen blieb er im Eingangsbereich stehen und wusste nicht, was er tun sollte. Er hoffte, dass vielleicht der eine oder andere Gast in den nächsten Sekunden aufstehen und gehen würde. Doch keiner von den Glücklichen, die einen Sitzplatz hatten, machte den Eindruck, bald das Lokal zu verlassen. Alle waren in offensichtlich interessante Gespräche vertieft, bis auf die Verheirateten.

Verheiratete, so hatte Wahid irgendwo gelesen, haben sich im Laufe ihrer Beziehung immer weniger zu sagen.

Er musste seine Gedanken unterbrechen, weil die Kellnerin auf ihn zukam und ihn freundlich begrüßte. „Der Herr hat wieder wenig Zeit." „Erraten", sagte Wahid und lächelte charmant zurück. „Dann komm mit", sagte sie zu ihm und gab ihm ein Zeichen, ihr zu folgen. Er tat allzu gern wie ihm befohlen und wusste, dass er bald einen Sitzplatz ergattern würde.

Die Kellnerin blieb vor einem Zweiertisch am Fenster stehen, neigte sich leicht nach vorn und sprach mit einem Gast. Wenige Sekunden später richtete sie sich wieder auf, drehte sich zu ihm um und sagte: „So, du kannst Platz nehmen." Beim Weggehen gab sie den Blick auf eine schöne, doch höchst unsympathisch wirkende, piekfeine Frau von ungefähr 30 Jahren frei.

Wahid hatte eigenartigerweise nicht die üblichen Gedanken, die er sonst beim Anblick einer attraktiven Frau gehabt hätte. Er setzte sich hin, grüßte sein Gegenüber freundlich

und sagte: „Ich bin Ihnen sehr dankbar, sonst müsste ich hungrig wieder ins Büro gehen. Und übrigens: Ich heiße Wahid." Die Frau schien ihn zum ersten Mal bewusst wahrzunehmen. Sie hob höchst akrobatisch ihre linke Augenbraue und strich eine blonde Haarsträhne resolut hinter ihr linkes Ohr. Mit einem deutlich künstlichen Lächeln erwiderte sie genervt: „Und ich bin verheiratet. Und möchte in Ruhe essen."
Eine Explosion der Stille.
Wahid, der gerade dabei war, seine mitgebrachte Zeitung auszubreiten, blieb der Mund offen stehen. Er hatte mit allem gerechnet, doch nicht mit einem derartigen Angriff. Er sammelte sich schnell. „Gratuliere", sagte er mit gespielter Überraschung. „Wie haben Sie das denn geschafft?" Die Frau sagte erst gar nichts. Doch sie konnte die an sie gestellte Frage nicht ohne einen passenden Kommentar lassen. Sie murmelte etwas vor sich hin, wiegte ihren Kopf leicht und sagte hörbar aggressiv: „Was meinen Sie damit?"
„Womit?"

„Sie wissen schon!"

„Was denn?"

„Das, was Sie eben gesagt haben!"

„Was habe ich denn gesagt? Ich glaube, ich habe Ihnen gratuliert und…"

„Und danach!"

„Und danach? Und danach? Ach ja, ich fragte Sie, wie Sie es geschafft haben."

„W A S -H A B E- I C H- WIE- GESCHAFFT?"

„Kein Grund, sauer zu werden. Das mit Ihrer Heirat, meine ich. Wie haben Sie es geschafft, dass ein kluger Mann, das setze ich voraus, sich einverstanden erklärt hat, Sie zu seiner Ehefrau zu nehmen? Sind Sie sehr reich?"

Sie machte jetzt einen irritierten Eindruck. Sie schien zu grübeln, mit wem sie es hier zu tun haben könnte. Sie wollte gerade zum Gegenschlag ausholen, als die Kellnerin an den Tisch kam und sein Essen brachte. Eine cremige Lauchsuppe wurde vor Wahid gestellt, dann ein Körbchen mit viel Brot und ein Fläschchen Tabasco. „Hast du alles?", fragte die Kellnerin. „Alles wunderbar", sagte

Wahid, „vielen Dank." „Na dann guten Appetit", wünschte sie beim Weggehen.

Er nahm den Löffel und sagte, ohne sein Gegenüber anzuschauen: „Also, wir müssen nicht weiter reden…"

„Wir reden nicht miteinander", erwiderte die Frau angriffslustig, stellte ihre Ellenbogen auf den Tisch, beugte sich leicht nach vorn und fuhr im selben Ton fort: „Ich will nur was klarstellen: Wir lieben uns. Mein Mann und ich. Wissen Sie, was Liebe ist? Ach, ich vergaß, bei Ihnen bestimmen ja die Eltern, wer wen wann heiratet." Sie lehnte sich triumphierend zurück und war gespannt, was er antworten würde.

Wahid nahm einen Löffel Suppe, würzte nach und sagte leicht schmatzend: „Nicht ganz. Bei meinen Frauen haben auch meine Großeltern mitentschieden." „Wie, 'bei Ihren Frauen'", platzte es aus ihr heraus.

„Meine Eltern wollten, dass ich meine vier Frauen heirate, bevor die Großeltern sterben. Moderne junge Leute haben heutzutage keinen Respekt mehr vor den älteren Menschen. Sie lassen sich so lange

Zeit, bis die Großeltern, manchmal sogar die Eltern, nicht mehr leben."

Sie lachte, es klang nach Wut und Ärger. Kopfschüttelnd fragte sie: „Und haben Sie alle vier auf einmal geheiratet oder nach und nach?"

„Ich wünschte, es wäre möglich gewesen, alle vier auf einmal zu heiraten. Das wäre so praktisch! Doch das war leider nicht machbar. Sie wissen ja, wie die Frauen sind. Jede möchte eine eigene Hochzeit. Über die Kosten machen sie sich natürlich keine Gedanken."

„Diese unverschämten Frauen!", sagte sie spöttisch.

Wahid schaute mit einem gespielten Staunen zu ihr hoch: „Also, das habe ich jetzt von Ihnen nicht erwartet", erklärte er süffisant. „Normalerweise halten Frauen doch zusammen. In der Regel werde ich immer beschimpft, wenn ich einer Frau erzähle, wie ich über eine Gruppenhochzeit denke." Provozierend fügte er hinzu: „Ich glaube, ich habe Sie völlig falsch eingeschätzt. Sie sind doch

nicht so arrogant, ignorant und von sich eingenommen, wie ich am Anfang dachte."
Sein Gegenüber schien nach Luft zu schnappen. „Wissen Sie was?", sagte sie zischend, machte sich so groß wie möglich und fixierte ihn mit einem mörderischen Blick: „Erstens: Ich bin gar nicht verheiratet. Zweitens: Wenn ich mir Arschlöcher wie Sie angucke, dann bin ich froh, dass ich es nicht bin. Und…"
„Und drittens…?", unterbrach er sie.
„Und drittens", sagte sie schnaufend, „fahren Sie zur Hölle! Billige Anmache von einem schmierigen Neandertaler brauche ich nicht!"
„Gut", sagte er mit ernster Stimme. „Wo wir bei Aufzählungen sind: Erstens: Ich wollte nur höflich sein, meine Suppe essen und fertig. Es wäre nett gewesen, wenn Sie mich ebenfalls höflich behandelt hätten. Zweitens: Ich bin auch nicht verheiratet, vor allem dank Frauen wie Ihnen." Bevor sie etwas sagen konnte, hob er die Hand und fügte schnell hinzu: „Und in die Hölle möchte ich nicht, denn Sie werden bestimmt vor mir dort sein." Er ließ seinen Löffel in die Suppe fallen,

gab der Kellnerin ein Zeichen und legte einen Geldschein auf den Tisch.

Seine Tischnachbarin schien jetzt völlig verdattert. Wahid merkte, dass sie das Gespräch so nicht enden lassen wollte. Er schob den Teller ein wenig vor und wollte aufstehen, da gab sie sich einen Ruck und sagte: „Jetzt warten Sie doch. Wir hatten einen miserablen Start. Darf ich Sie zu einer Tasse Kaffee einladen? Jetzt oder später?"

Wahid überlegte kurz, dann sagte er: „Vielen Dank, doch das Mittagessen mit Ihnen war grauenvoll genug. Also nein, und einen schönen Tag noch."

Er stand auf, nahm seine Jacke, und während er der Kellnerin triumphierend zuzwinkerte, verließ er, nach wie vor hungrig, sein Lieblingscafé.

Erwachen

Tanja Metternich

Durch die noch geschlossenen Lider nahm sie die Helligkeit wahr. Sie stellte sich vor, dass die Sonne scheine.

Sobald sie die Augen geöffnet hatte, fielen ihr die vielen Verpflichtungen ein, die sie in den kommenden Stunden zu erledigen hatte. Sie holte tief Luft und stieg hastig aus dem Bett. Kurz schaute sie aus dem Fenster, während sie mechanisch ihre Bettdecke glatt zog. Die Sonne schien tatsächlich. In Gedanken war sie schon bei ihrem ersten Termin des Tages.

Sie hatte wie so oft starke Rückenschmerzen, die bis in den Bauch ausstrahlten. Ihre Periode war doch gerade erst eine Woche her, das konnte nicht schon wieder sein! Sie schleppte sich mehr ins Bad als dass sie ging.

Auf der Toilette stellte sie fest, dass in ihrem Slip rostrote Spuren waren. Schon wieder eine Zwischenblutung. Seit sie sich erinnern konnte, kam ihre Periode unregelmäßig und schmerzhaft.

Sie urinierte. Währenddessen zog sie den Slip komplett aus und warf ihn in den Flechtkorb für die schmutzige Wäsche. Sie rupfte sich etwas Papier von der Rolle, putzte sich ab, betätigte die Spülung und stutzte. Was war das? War das Wasser dunkler als gewöhnlich? Nein, das war bestimmt nur ein Schatten!

Als sie unter die Dusche trat, floss der Gedanke daran mit dem Schaum in den Abfluss. In etwa einer Stunde hatte sie einen Vorsorgetermin beim Frauenarzt. Zum Glück! So konnte sie gleich abklären, ob diese

Schmerzen vom Unterleib hervorgingen. Bereits als Kind hatte man ihr gesagt, dass sie vermutlich keine Kinder bekommen könnte. Künstliche Befruchtung, Hormontherapie, nichts hatte bis zum heutigen Tage geholfen. Ihre Ehe war darüber in die Brüche gegangen. Nach außen gab sie vor, sich damit längst abgefunden zu haben.

Der Arztbesuch verlief anders als gedacht. Zunächst wurde sie untersucht wie immer. Nur eine Ultraschalluntersuchung kam hinzu.

„Wann waren Sie das letzte Mal da?", fragte der Arzt sachlich. Eigentlich hätte er nur in seine Akte sehen müssen, doch er blieb konzentriert, den Blick auf den Monitor gerichtet.

Sie überlegte. „Ich weiß nicht genau, vor etwas mehr als einem Jahr?"

„Seit wann haben Sie diese Blutungen?"

Sie wurde langsam skeptisch: „Erst seit heute. Ich meine, immer mal wieder." Sein Tonfall bereitete ihr Sorgen.

Er blickte sie direkt an: „Ich muss Sie noch für heute ins Krankenhaus überweisen."

„Was?"

20 und 4 Geschichten

„Sie haben einen sehr Tumor in der Gebärmutter. Sie werden von hier direkt ins Krankenhaus müssen", sagte er geradeheraus.

Ab diesem Moment ging alles sehr schnell. Von der Praxis aus hatte sie nur ihre Tante erreichen können. Sie wollte sich sofort auf den Weg machen.

„Ja, aber bitte fahr vorsichtig. Es ist alles in Ordnung. Man kümmert sich um mich", hatte sie versucht beruhigend zu erklären.

Die Tante würde ihr später einige notwendige Sachen in die Klinik bringen. Sie fuhr mit dem eigenen Auto. Sie musste Unterschriften leisten für die Narkose und Risiken der OP, während sie vorbereitet wurde. Sie hatte das Gefühl, gar nicht sie selbst, sondern Zuschauerin in einem Theaterstück zu sein.

Wie ernst die Lage tatsächlich war, wollte sie in diesem Moment noch nicht wahrhaben. Man half ihr, sich auszuziehen und in das frische OP-Hemd zu schlüpfen. Niemand fragte, wie sie sich fühlte. Ob sie sich fürchtete. Sie funktionierte einfach und tat das, was von ihr verlangt wurde. Als sie schließlich auf dem

OP-Tisch lag, begann sie zu zittern. Ihre Zähne schlugen aufeinander. Verzweifelt versuchte sie hinter den vielen Mundschutzmasken einen beruhigenden Blick zu erhaschen. Eine Hand legte sich auf ihre Schulter. Jemand saß hinter ihr. Der Narkosearzt. Er beugte sich über ihr Gesicht. Das Zittern hörte nicht auf. Sie versuchte, sich auf diese hellblauen Augen zu konzentrieren. Jemand stach ihr schmerzhaft in den Handrücken und legte ihr eine Kanüle. „Keine Angst, Sie werden bald einschlafen. Zählen Sie rückwärts."

„Keine Angst", wiederholte sie in Gedanken und mit einer Stimme, die sie kaum als ihre eigene erkannte, begann sie zu zählen: „10, 9, 8, 7, 6, 5, …"

Ein regelmäßiger Signalton ließ sie erwachen. Jemand war neben ihrem Bett. Sie war so unglaublich müde und sah nur verschwommen. Irgendetwas war in ihrem Hals. Sie hörte eine freundliche Frauenstimme: „Ich werde Ihnen jetzt den Schlauch ziehen. Einatmen-Ausatmen." Beim Ausatmen wurde der Schlauch sanft, aber zügig entfernt. Den leichten Würgereiz nahm sie kaum war.

„Der Arzt kommt gleich." Sie wollte etwas sagen, da umgab sie wieder Dunkelheit.

Sie erwachte erneut. Wieder dieser Signalton. Sie fühlte sich schwer und müde und doch irgendwie körperlos. Ihre Augenlider waren wie Blei. Neben ihr erschien ein weißer Kittel.

„Wir haben Sie retten können."

„Ich bin so müde", hauchte sie. Sie wusste nicht, ob er sie gehört hatte. Die Person sagte etwas von einem Tumor, zwei Kilogramm schwer, Blutverlust, Gebärmutterentfernung. Schon fielen ihr die Augen erneut zu. Sie strengte sich an, wach zu bleiben. Wollte hören, was er zu sagen hatte. Öffnete noch einmal ihre Augen. Gebärmutter entfernt? Erinnerte sie sich. Kinder? Sie schlief wieder ein.

Als sie diesmal erwachte, lag sie in einem Raum mit Fenster. Unter der Decke war ihr angenehm warm. Immer noch piepte ein Gerät an ihrer Seite. Gleichmäßig. War tatsächlich ein Arzt da gewesen? Sie bemerkte eine Schwester im Raum.

„Hallo. Schön, dass Sie wach sind. Wie fühlen Sie sich?"

Ja, wie fühlte sie sich? „Ich weiß es nicht", antwortete sie heiser und versuchte zu schlucken. Ihre Kehle war trocken, fühlte sich an wie ein Schmirgelpapier.

Die Schwester kam zu ihr. Sie lächelte beruhigend.

„Sie haben es geschafft." Sie strich ihr tröstend über die Hand. „Den Monitor können wir jetzt ausschalten. Dann haben Sie mehr Ruhe. Die kleinen Sauerstoffschläuche lasse ich Ihnen noch eine Weile an der Nase. Gleich bringen wir Sie in ein anderes Zimmer."

Bevor die Schwester den Raum verließ, klappte sie das Fenster auf. Die Ruhe tat wirklich sehr gut. Sie fühlte sich schwach, doch sie lebte. Das bedeutete …? Ja, was? Hinter der Glasscheibe tanzten Schatten. Lichter funkelten dazwischen. Sie erkannte einen Baum. Dieses Lichtspiel sah schön aus. Wunderschön. Sie hatte noch nie gesehen, wie besonders so etwas aussah. Sie hörte Stimmen vom Gang und Vogelgezwitscher hinter dem Fenster. Das klang unglaublich ... lebendig. Die Termine waren längst vergessen. Die Sonne schien.

Ein Glücksgefühl durchströmte sie.

Erwachen

Ratbil Ahang

Das erste Steinchen verfehlte das Schlafzimmerfenster des Kutschers knapp. Das zweite, dritte und vierte trafen aber ihr Ziel ganz genau. Das beschossene Fenster ging einige Sekunden später mit einem Knarzen auf. In der Fensteröffnung waren nun, dank des hellen Mondlichtes, die Konturen eines kräftigen Mannes zu sehen.

„Wer da?", rief Salim mit seiner tiefen, rauchigen Stimme, die - genau wie das alte Fenster - knarzte. „Salim...Ich bin´s, Habib, komm schnell runter", hörte er jemanden müde, aber entschlossen aus der Dunkelheit der Gasse rufen.

Der Kutscher erkannte die Stimme seines Nachbarn und alten Freundes. Ohne zu antworten, machte er schnell das Fenster zu und lief zur Garderobe, um sich anzuziehen. Für den einzigen Kutscher des Viertels war es nichts Ungewöhnliches, mitten in der Nacht gerufen zu werden. Meistens kamen die Menschen dann zu sehr später Stunde zu ihm, wenn sie eiligst ihre kranken Verwandten in die Stadt bringen mussten. Dort gab es einige Ärzte, moderne Ärzte. Männer, die studiert hatten und allerlei Beschwerden mit Medikamenten heilen konnten.

Salim wusste, dass Habibs Frau sehr krank war. Die Heilkünste der Mullahs hatten versagt. Die Geistlichen waren sich aber - wie immer - keiner Schuld bewusst. Ganz im Gegenteil: Sie verbreiteten im ganzen Dorf, dass Habibs Frau nicht fest genug an Gott glaube, sonst hätte der Allmächtige sie längst geheilt. Habib, der nicht mehr mit ansehen konnte, wie sehr seine Frau litt, hatte endlich einen jungen Arzt aus der Stadt geholt. Der Kutscher selbst hatte den Doktor noch vor wenigen Stunden nach Hause gebracht.

Salim trat in die Gasse, wo Habib auf ihn wartete. Sein Freund kam Salim im matten Mondlicht noch älter und gebrechlicher vor. Der weiße Bart seines Nachbarn sah länger aus als sonst. „Sollen wir in die Stadt fahren und den Arzt holen?", fragte er grußlos. „Nein, nein", antwortete Habib mit gedämpfter Stimme. „Wir fahren in die Stadt, doch nicht zum Arzt. Hol deine beste Kutsche und richte es so ein, dass meine Frau und ich einen Ausflug machen können." Habib machte eine kurze Pause und ging auf die verdutzte Miene des Kutschers gar nicht ein. Er hatte es offenbar sehr eilig, also sprach er energisch mit der Stimme eines Menschen, der keine Zeit durch Wiederholungen verlieren wollte. „Und nimm die Plane weg, wir wollen die Sterne sehen."

Habib schaute seinen Freund, den Kutscher, eindringlich an und wirkte dabei ganz anders als in den vergangenen Jahren. „Wirst du das für mich tun, ohne Fragen zu stellen?" Salim wusste nicht, was er sagen sollte. Natürlich würde er alles für seinen Freund tun. Doch was war mit ihm passiert, fragte er sich unentwegt. War Habib verrückt geworden? Sollte er ihn festhalten und seine Söhne und Schwiegersöhne benachrichtigen?

„Ich komme in ein paar Minuten zu dir", sagte er schließlich und ging in seinen Stall. Habib verschwand rasch in die andere Richtung.

Salim hatte beschlossen, Habib bei seinem Vorhaben zu unterstützen, egal, was es auch war. Er kannte Habib und wusste, dass er nie etwas Unvernünftiges gemacht hatte. Kurze Zeit später stand der Kutscher - wie versprochen - vor Habibs Eingangstür.

Habib kam mit einem großen Bündel auf dem Arm aus dem Haus und legte es vorsichtig auf den Boden der Kutsche. „Soll ich helfen?", fragte der Kutscher von seinem Kutschbock leise. „Nein, danke", antwortete Habib flüsternd, „außerdem trägt `Bibi` kein Kopftuch, also mach dich, sie und mich nicht zu Sündern und bleib auf deinem Platz."

Salim lachte traurig und war sich nun absolut sicher, dass sein Nachbar komplett den

Verstand verloren hatte. „Wohin?", fragte er, ohne sich umzudrehen. „Zum Fluss", sagte Habib mit erregter Stimme.

Die Peitsche schwang sanft in den mitternächtlichen Himmel, ein leises „Birrrrrrrrrrr" durchdrang die stille Gasse, und die Räder der Kutsche setzten sich in Bewegung. Langsam rollte der Wagen über die unbefestigten Wege. Die Pferde trabten gemächlich und vorsichtig vorwärts. Es schien so, als ob sie wüssten, dass sie besondere Passagiere transportierten. Habib lag neben seiner Frau, die sehr blass und erschöpft aussah. Beide schauten in den Himmel, der noch mehr als sonst voller funkelnder Lichter war.

Es waren so viele Sterne, dass kaum ein weiterer dort Platz finden könnte. Habibs Frau schien an dem himmlischen Schauspiel Freude zu haben. Ein kaum merkliches Lächeln umspielte ihr Gesicht. Sie räusperte sich. „Jetzt hassen dich alle unsere Verwandten", sagte sie kaum vernehmbar. Doch Habib konnte sie gut hören. „Ich weiß", sagte er gleichgültig, „aber das ist nicht schlimm."

Habib war erfreut, dass ihm zum ersten Mal die Meinung seiner Verwandten über ihn wirklich egal war. Er hatte gegen ihren Willen den jungen Arzt aus der Stadt geholt und ihm sofort geglaubt, als er nach der Untersuchung seiner Frau feststellte, dass sie die Nacht nicht mehr überstehen würde. Den Verwandten, die sich in seinem Haus versammelt hatten, um ihm beizustehen, hatte er nichts von der Diagnose des Doktors erzählt. Sie hätten den fremden Mann aus der Stadt zum Teufel gejagt.

„Nur Gott weiß, wann, wer, wo stirbt", hätten sie gesagt. Doch keiner von den Anwesenden wusste, welche Schmerzen seine Frau zu ertragen hatte. „Können Sie ihr nicht ein Mittel geben, das nur Mediziner haben, damit sie ein paar Stunden Ruhe findet?", hatte Habib ihn gefragt. Und der Arzt war seiner Bitte nachgekommen. „Sie hätten früher zu mir kommen müssen", hatte er beim Abschied zu ihm gesagt.

„Ab morgen wirst du keinen Platz mehr in dieser Stadt haben", hörte Habib seine Frau sagen. „Ich weiß", sagte er erneut und rückte noch näher an sie heran. Habib hatte es dem jungen Arzt nicht übel genommen, als er ihm vorwarf, nicht früh genug zu ihm gekommen zu sein. Er war aus der Stadt und wusste nicht, was die Menschen auf den Dörfern dachten.

Habib hatte aber, nachdem der Arzt gegangen war, alle seine Verwandten nach Hause geschickt. Es war ein Tumult entstanden. Die Geschwister seiner Frau wollten nicht von der Seite ihrer kranken Schwester weichen. Sie beschimpften ihn, sie flehten ihn an, doch Habib ließ nicht mehr mit sich reden. So etwas war noch nie in ihrem Dorf vorgekommen, aber das war Habib egal. Nachdem er die Sippschaft losgeworden war, war er zu seinem Freund, dem Kutscher, gegangen.

„Birrrrrrrrrrrrr. Wir sind da", rief Salim nach hinten. Habib sprang aus der Kutsche und nahm seine Frau, die in Decken gehüllt war, auf seine Arme. Sein Freund war so nah wie möglich an den Fluss herangefahren. Habib konnte schon das leise Plätschern des Wassers hören. „Ich wusste immer, dass du verrückt bist", flüsterte seine Frau. „Ich weiß", sagte Habib wieder und rief seinem Freund über die Schultern zu: „Ich komme bald zurück." Der Kutscher brummte nur vor sich hin und sagte nichts.

Habib tastete sich langsam dem Fluss entgegen. Bald stand er knöcheltief im Wasser. Es war eiskalt. Er fuhr zusammen. „Gleich wird es sehr kühl", sagte er warnend zu seiner Frau. „Macht nichts", erwiderte sie in freudiger Erwartung. Der alte Mann stand nun bis zu seinem Nabel im kalten Nass. Langsam setzte er sein Bündel auf der Wasseroberfläche ab. Die Decken sogen sich rasch voll. Jetzt merkte Habib, dass seine Frau zitterte. Sie lächelte aber beseelt und schaute mit weit aufgerissenen Augen zu den Sternen. Ihr Traum, einmal in diesem Fluss zu schwimmen, hatte sich endlich erfüllt. Habib und seine Frau murmelten etwas Unverständliches und hatten alles andere um sich herum vergessen.

Habib wartete so lange, bis seine Frau nicht mehr zitterte. Dann trug er sie zurück zur Kutsche und bettete sie sanft auf den Boden des Wagens. Er legte sich neben sie und rief mit vor Kälte belegter Stimme: „Wir wollen nach Hause, aber ganz langsam bitte." Die Peitsche schwang sanft in den Himmel, ein leises „Birrrrrrrr" durchdrang kurz die Stille der Nacht und die Räder der Kutsche rollten langsam vorwärts.

Eine unerwartete Begegnung

Tanja Metternich

Das konnte doch nicht wahr sein? War er das tatsächlich? Oder doch nicht?

Es war schon recht voll auf der Party. Vorsichtig versuchte sie zwischen den Körpern der anderen hindurch zu spähen, um ihn genauer betrachten zu können.

Eigentlich hatte sie gar nicht damit gerechnet, ihn überhaupt jemals wiederzusehen. Zu flüchtig und doch einprägsam war die Begegnung von damals. Und so unglaublich peinlich, als sie wie eine Furie auf ihn losgegangen war. Den Ball zerstochen hatte. Trotzdem erinnerte sie sich nur schemenhaft an sein Gesicht.

Und jetzt sollte sie ihm zum zweiten Mal begegnen? Aber selbst wenn, wahrscheinlich erinnerte er sich noch viel weniger an sie.

„Suchst du jemand Bestimmtes, Lena?" Von den Worten abgelenkt verlor sie ihn aus den Augen. Es war ihre Freundin Katja in einem atemberaubend kurzen Kleid. Lena wurde rot, was sie ärgerte. Schließlich ging es um nichts. Ständig wurde sie so schnell rot. „Nein, ich dachte nur, ich hätte jemanden wiedererkannt. Aber ich habe mich wohl geirrt."

Katja umarmte sie und gab ihr einen Kuss auf die Wange. „Und warum wirst du dann so rot?" Katja konnte es nicht lassen, sie aufzuziehen. Das musste ja so kommen. Ihre Gesichtsfarbe vertiefte sich. Lena gab das Küsschen zurück und versuchte, die Frage ihrer Freundin zu ignorieren.

Katja zog sie schon mit sich fort, in Richtung der offenen Küche.

„Komm, wir holen uns was zu trinken." Die Wohnung war insgesamt außergewöhnlich groß und sehr modern eingerichtet. In das weitläufige Wohn-Ess-Zimmer hätte ihr eigenes vier Mal hineingepasst. Die Wohnung gehörte einem Kollegen und Freund von Katja. Zwischen Wein, Cocktails und lockeren Gesprächen wurde die Stimmung immer ausgelassener.

Einige Minuten später schleppte Katja Lena mit sich zu den anderen Tanzenden. Es war mittlerweile kurz vor Mitternacht. Die Musik war laut und jede Menge Alkohol geflossen. Sie begannen, sich unbefangen zum Rhythmus zu bewegen. Lena genoss diesen Abend in vollen Zügen. Das war das erste Silvester ohne ihre Familie. Ihr Mann war geschäftlich unterwegs und ihre beiden Kinder hatten darauf gedrängt, die Nacht mit Freunden verbringen zu dürfen. Nach einigem Hin und Her und Absprachen mit den Eltern hatte sie schließlich zugestimmt. Warum auch nicht?

Jedenfalls fühlte sie sich glücklich wie selten. Sie bewegte die Hüften, drehte sich und ließ sich von der Musik treiben. Gelegentlich stieß sie mit Katja zusammen, was beide, zusätzlich angeregt von den vielen, leckeren

Cocktails, die sie zu sich genommen hatten, zum Lachen brachte.

Er lehnte an der offenen Terrassentür mit einem Glas in der Hand und beobachtete sie interessiert. Doch, dachte er, das war sie. Er war sich zunächst nicht sicher gewesen. Sie trug ein dunkelblaues, enganliegendes Etuikleid, das ihre Figur hervorragend betonte und – Schuhe. Diesmal war sie nicht barfuß. Es gefiel ihm, wie sie sich bewegte. Sie sah glücklich aus, sexy und leicht betrunken. Immer wieder stieß sie mit Katja zusammen, seiner langjährigen Bekannten, worüber sie albern lachten. Er selbst war nach drei Gläsern Wein auf Cola umgestiegen. Ob er sie ansprechen sollte?

Atemlos hakte sich Lena bei ihrer Freundin ein. „Es ist so unglaublich warm hier drin." Sie tanzten in die Küche. „Noch Wein?", fragte Katja, selbst ganz außer Atem. Sie mussten sich gegenseitig stützen, um nicht zu schwanken. „Oh, bist du verrückt? Ich brauche erstmal ein Glas Wasser, sonst finde ich den Rückweg nicht mehr!" „Du kannst doch mit Basti fahren." „Basti? Wer soll das sein?" „Den musst du doch kennen." Mit einem zweiten Hüftschwung, der erste ging daneben, schubste Katja die Kühlschranktür zu. Eine halb volle Flasche Wein in der einen Hand und ein frisches Glas in der anderen, hakte sie sich erneut bei Lena unter. „Katja, du bist beschwipster als ich." „Na und?" Sie begann laut das nächste Lied mitzusingen, Lena stimmte lachend mit ein. „Ah, da ist er ja. Komm, ich stell dich vor und frag ihn für dich." Lena mit sich ziehend, strebte sie Richtung Terrassentür auf einen Mann zu, der den beiden den Rücken zuwandte. Katja umarmte ihn von hinten, schmiegte sich geradezu an ihn. Amüsiert sah Lena zu. Ihre Freundin war eindeutig betrunken.

„Hallo Basti", sie schnurrte beinahe wie eine Katze. Lena grinste breit. „Könntest du mir einen Gefallen tun?" Der große Mann versuchte sich umzudrehen, um zu erkennen, wer hinter ihm war, doch Katja klebte regelrecht an ihm. „Bitte", bettelte sie mit langgezogenem „i", den Kopf an seinem Rücken reibend.

Lena lachte: „Katja, lass gut sein." Sie versuchte, ihre Freundin von dem großen Kerl wegzuziehen. Der Mann wand sich, schaffte es schließlich, sich Katja zuzuwenden, die nun mit seiner breiten Brust kuschelte. Lena erstarrte. Der Schluck Wein, den sie gerade aus dem Glas in ihren Mund hatte fließen lassen, ließ sich nur schwer herunterbringen.

Basti strich Katja amüsiert übers Haar: „Was kann ich für dich tun, meine Liebe?"

„Mmh, ich mochte es schon immer, wenn du das sagst!" Sie hielt ihn umklammert wie einen riesigen Teddybären.

Er lachte.

Jetzt, diesem Gesicht so viel näher, erinnerte sie sich genau. Die unglaublich blauen Augen, diese hellbraunen Haare, mit einem Stich ins Rote, doch besonders die Augen.

Hoffentlich erkannte er sie nicht. Flüchten ging nicht. Katja würde sie suchen. Das war klar. Es blieb ihr nichts anderes übrig, als zu hoffen.

Endlich löste Katja sich ein wenig von ihm, nur um ihre Arme um seinen Hals zu legen.

Sie war nur wenig kleiner als er. „Also, wirst du es tun?" Er hielt sie an der Taille fest.

„Was tun?"

„Meine Freundin nach Hause bringen?" Sie machte einen Schmollmund und klimperte mit den Wimpern.

Er lachte auf: „Würdest du mir vorher verraten, wer es ist? Nicht, dass du mir ein volltrunkenes Monster ins Auto setzt."

„Du bist gemein, meine Freundin ist nicht volltrunken. Ich bin es."

„Haha, oh ja!"

Sie löste einen Arm von ihm und zeigte mit einer ausholenden Geste auf Lena.

Jemand begann den Countdown auf Mitternacht zu zählen, alle stimmten mit ein.

Lena schluckte erneut krampfhaft. Ihr Herz setzte einen winzigen Moment aus. Bitte, lieber Gott, lass sich die Erde auftun, ich brauche ein Versteck.

„... fünf, vier, drei,..."

Sie schaffte ein verlegenes Lächeln und versuchte, so nüchtern wie möglich auszusehen, was in Gegenwart von Katja eigentlich ein Kinderspiel sein sollte.

„...eins - Frohes Neues Jahr", jubelten sich alle zu.

Er sah sie an und ein amüsiertes Strahlen trat in seine Augen. „Sie also wieder?!"

Eine unerwartete Begegnung

Ratbil Ahang

Sein Handy klingelte wieder, wieder ignorierte er es. Er hatte keine Lust, sich mit wem auch immer zu unterhalten. Zudem kannte er die Nummer auf dem Display nicht.

Für einen fremden Menschen hatte er absolut keine Nerven. Doch der Anrufer schien auf seine Laune keine Rücksicht zu nehmen. Das Handy klingelte jetzt im Drei-Minuten-Takt.

Hamid wurde immer wütender und konnte nicht verstehen, warum man ihn nicht in Ruhe lassen konnte. Gerade heute war er besonders schlecht drauf.

An manchen Tagen fühlte er eine schmerzhafte Leere in sich. Alles schien ihm sinnlos und grausam. An solchen Tagen hasste er alles: das Leben, das Universum, Gott und vor allem – sich selbst. Aber in diesem Moment verabscheute er am meisten diesen verfluchten Menschen, der andauernd bei ihm anrief und seine Ruhe störte. Er war extra früher aus dem Büro verschwunden, um genug Zeit für sich zu haben.

Doch der Anrufer gab keine Ruhe. Hamid war kurz davor, wahnsinnig zu werden. Also nahm er endlich den Anruf entgegen und brüllte mit einem Ton, der Hass, Verachtung und Mordgelüste ausdrückte: „Haaaaaamiiiiiiiiiiiid."

„Oh, ich glaube, ich habe mich verwählt. Wen habe ich am Apparat?", fragte eine herrisch-aggressive Frauenstimme. Stille.

„Den schönsten, klügsten und gefragtesten Mann, den Sie je am Apparat hatten", antwortete er und achtete darauf, so ärgerlich wie möglich zu klingen.

Hamid sprach jedes Wort langsam und betont, als ob er es mit einer Schwachsinnigen zu tun hätte. Stille. Klick. Die Verbindung wurde unterbrochen. „Was für eine blöde Kuh!", sagte er zu sich und war froh, endlich Ruhe zu haben.

Doch er täuschte sich, das Telefon klingelte wieder. „Jaaaaaa", sagte er im selben Ton wie zuvor.

„Ich wette, dass Sie entweder ein vollbehaarter Türke mit einer Goldkette sind oder ein Araber, der mindestens drei Goldzähne hat und es kaum erwarten kann, seine übrigen Beißerchen zu vergolden, auf Papas Rechnung natürlich…"

„Oder?", unterbrach Hamid sie verärgert.

„Oder ein Superschnösel, der bei seiner Großmutter lebt und von ihr jeden Tag zu hören bekommt, wie schön und klug er ist."

„Fast", sagte Hamid mit etwas lehrerhaftem Ton. „Sie liegen in jeder Hinsicht daneben. Aber da wir dabei sind, uns gegenseitig zu beschreiben, würde ich gern auch ein paar Worte zu Ihnen sagen…" Klick.

Hamid schüttelte den Kopf und sagte laut „blöde Kuh". Was war das denn? So was war ihm ja noch nie passiert! War die Frau verrückt oder hatte sie genau wie er einen schlechten Tag? Abgedreht klang sie nicht, sie sprach sehr deutlich und gefasst. Ihre Stimme hörte sich gehetzt, selbstsicher und ein wenig nasal an. Er hätte ihr gern die Leviten gelesen. Hamid hasste arrogante Menschen.

„Der Mensch", sagte sein Großvater immer zu ihm, „der Mensch ist ein Körnchen Staub, das keinen Anlass hat, arrogant zu sein."

Sollte er sie zurückrufen? Ihre Nummer war ja auf seinem Handy gespeichert. Diesen Gedanken verwarf er ganz schnell.

Was sollte das bringen, fragte er sich. Warum sollte er sich den furchtbaren Tag noch schlimmer machen? Also: „Vergiss sie und versuch auf andere Gedanken zu kommen", murmelte er sich beruhigend zu.

Er rutschte auf der Parkbank ein wenig hin und her und nahm die großen und majestätisch in den Bonner Himmel ragenden Bäume wahr.

Er ließ seinen Blick schweifen und schließlich auf dem lakonisch dahinfließenden Rhein ruhen. Hamid wollte es sich zwar nicht eingestehen, doch die ganze Szenerie gefiel ihm sehr gut.

Kurz bevor er tief Luft holen konnte, um den ganzen Ärger des Tages auszuatmen, klingelte sein Telefon wieder. Dieselbe Nummer.

„Haben Sie sich in mich verliebt?", erkundigte er sich und war gespannt auf ihre Antwort.

Sie ging nicht auf seine Provokation ein und fragte ihrerseits:

„Sie wollten vorhin etwas zu meiner Person sagen, also los, jetzt haben Sie die Möglichkeit dazu."

Hamid holte tief Luft: „Ich könnte Sie beschimpfen, eine arrogante, dumme Kuh ohne Manieren oder eine vertrocknete alte Jungfer nennen, doch das möchte ich nicht."

„Sondern?", hörte er die Frauenstimme fragen, die immer noch angriffslustig klang.

„Sondern Ihnen einen Vorschlag machen. Sollen wir uns nicht wie wohlerzogene Menschen gegenseitig vorstellen, bevor wir uns zerfleischen? Ich heiße Hamid. Und legen Sie jetzt bitte nicht noch mal auf." Stille.

„Ich weiß nicht, was das bringen soll, aber meinetwegen. Ich heiße Katja. Und jetzt?"

„Und jetzt erzählen Sie mir eine Anekdote. Eine kleine Geschichte, die Ihnen besonders erzählenswert erscheint. Vielleicht kann ich dann sagen, was für ein Mensch Sie sind".

„Sie fangen an", sagte die andere Stimme wie aus der Pistole geschossen.

„Warum nicht?", entgegnete Hamid: „Ich möchte Ihnen von meinem Großvater erzählen. Er lebte nur für seine Frau. Er liebte sie so sehr, dass er, statt wie bei Muslimen üblich fünf Mal nur einmal am Tag betete. Und das eine Mal auch nur, um Gott zu danken, dass seine Frau seine Liebe erwiderte. Zudem bat er den Allmächtigen, seiner Frau ein gesundes und langes Leben zu schenken."

Hamid machte eine kurze Pause, um zu hören, ob sie noch am Apparat war und weiter zuhören wollte.

„Und weiter?", fragte sie gespannt.

„Es kam, wie es kommen musste: Alle hielten meinen Großvater für einen feigen Ungläubigen und machten ihm das Leben schwer. Die Frauen der Familie waren besonders verärgert.

Sie gaben meiner Großmutter die Schuld und verbreiteten, dass sie ihn verhext hätte. Die Männer sagten, dass er als Ungläubiger keinen Passierschein in den Himmel bekommen würde, wo 72 Jungfrauen und ein Wellnessleben erster Klasse auf ihn warteten.

Doch mein Großvater ließ sich nicht beirren. 'Ich habe auf Erden mein Paradies gefunden, den Himmel überlass ich euch', gab er zur Antwort.

Eines Tages versammelten sich viele Verwandte im Haus meines Großvaters und sagten ihm, sie könnten sein sündiges Verhalten nicht mehr dulden.

Entweder ändere er sein Leben oder sie würden ihn für schwachsinnig erklären und seine Ehe annullieren lassen.

Mein Großvater erwiderte gelassen: 'Wenn ich mit meiner Liebe zu meiner Frau Gott beleidige, dann soll mich Gott bestrafen.

73

Ich steige ab morgen jeden Tag auf einen hohen Berg und verweile dort für eine halbe Stunde.

Falls Gott möchte, kann er mich mit einem Blitz töten. Seid ihr einverstanden?'

Die Verwandtschaft stimmte zu. Die Frauen der Familie bestanden aber darauf, dass er seine Frau mitnahm. So stiegen Großvater und Großmutter vierzig Jahre lang jeden Tag auf den Berg und kamen stets unversehrt zurück.

Die Verwandtschaft gab nach einer Weile enttäuscht ihre Hetzjagd auf und merkte gar nicht, dass meine Großeltern immer länger als die vereinbarte Zeit auf dem Berg blieben…"

Hamid holte tief Luft und atmete langsam wieder aus. „Sind Sie noch da?"

„Ja", antwortete sie und räusperte sich.

„Nun sind Sie dran", sagte Hamid erwartungsvoll. Nichts tat sich. „Hallo?"

„Danke für die schöne Geschichte. Ich würde Ihnen gern ein andermal meine Geschichte erzählen. Jetzt muss ich leider zum nächsten Termin", sagte sie und legte auf.

Ihre Stimme klang immer noch leicht gehetzt, aber nicht mehr herrisch und aggressiv. Hamid musste zum ersten Mal an diesem Tag lächeln.

Er speicherte ihre Telefonnummer unter ihrem Namen in seinem Smartphone, bevor er sich auf den Weg nach Hause machte.

Sein Leibgericht

Ratbil Ahang

Die rechte Hand tat ihr beim Zwiebelschneiden höllisch weh. Doch sie wollte sich keine Pause gönnen. Nur noch zwei Stunden, dann würde ihr Mann nach Hause kommen, hungrig und müde von der Arbeit. Sie musste sich also beeilen, um mit dem Kochen rechtzeitig fertig zu werden. Auf ihre Schmerzen konnte sie jetzt keine Rücksicht nehmen. Sie wusste ja, dass es viel Arbeit bedeutete, die Lieblingsspeisen ihres Mannes zuzubereiten.

Er aß gern gebratenes Lammfleisch, am liebsten mit einer speziellen Zwiebelsoße und dünnem Fladenbrot. Das Fladenbrot bekam er gern frisch serviert. Er liebte den Duft des ofenwarmen Nans. Zu seinem Fleisch aß er sehr gern einen besonderen Salat mit Tomaten, Koriander und Minze.

Sie musste also viel Gemüse klein schneiden und ihre Hand extrem belasten, aber sie war entschlossen, ihren Plan auszuführen. Also biss sie die Zähne zusammen und arbeitete eifrig weiter. Zwischendurch nahm sie das Messer in ihre linke Hand, um die rechte zu entlasten. Ihre linke Hand tat gar nicht weh. Ihr Mann verletzte nie ihre linke Hand, wenn er sie schlug. Sie hatte oft über den Grund nachgedacht, doch eine passende Antwort bislang nicht gefunden.

Auch in der vergangenen Nacht hatte er ihre linke Hand verschont. Er hatte die Gewohnheit, ihr mit ihrer eigenen rechten Hand ins Gesicht zu schlagen. Das fand er lustig. Er packte, nachdem er seine eigenen Schläge gekonnt platziert hatte, ihr rechtes Handgelenk, zog an ihrem Arm und schlug ihr mit ihrer eigenen Hand rechts und links ins Gesicht. Die Demütigung tat ihr mehr weh als die Schläge selbst. Doch noch viel schlimmer waren für sie die Sticheleien ihrer Schwiegermutter. „Hast du es wieder geschafft?", fragte diese vorwurfsvoll, „Wie soll er jetzt mit dieser Wut im Bauch schlafen?"

Über ihre Probleme konnte sie nur mit ihrer Schwester sprechen. „Frauen, die geschlagen werden, haben zwei Möglichkeiten", hatte ihre Schwester einmal zu ihr gesagt, „entweder sie versuchen sich zu wehren und werden noch mehr geschlagen oder sie kochen nach jeder Tracht Prügel das Lieblingsessen ihrer Ehemänner und haben eine Zeit lang Ruhe." Zur Wehr setzen konnte sie sich nicht. Also begann sie, eine gute Köchin zu werden.

Ihr Mann war tatsächlich freundlicher gestimmt, wenn er sah, dass am Abend nach den Schlägen seine Leibgerichte serviert wurden. Er lachte dann und sagte im Scherz zu seiner Frau, dass er sie wohl nicht ordentlich genug geschlagen habe, wenn sie noch in der Lage sei, so gut zu kochen. Sie lächelte zurück und spürte, wie ihr das Gesicht wehtat.

20 und 4 Geschichten

Nur noch zehn Minuten, dann musste das Essen auf dem Tisch stehen. Sie legte noch einen Gang zu und wurde pünktlich fertig. Als sie das gebratene Lammfleisch vor ihrem Mann auf den Tisch stellte, zitterten ihr wie immer die Hände. Dann ging sie schnell hinaus und brachte das frisch gebackene Nan. Der Duft des warmen Brotes füllte den ganzen Raum. Ihr Mann begann zu essen. Fleischstücke, Brot und Salat verschwanden in seinem Mund, er kaute zufrieden darauf herum. Sein Hunger war allmählich gestillt. Er wurde fröhlicher. „Ich habe dich wohl nicht hart genug geschlagen…" Doch er konnte seinen Satz nicht zu Ende führen. Irgendetwas schien ihm die Kehle zuzuschnüren. Er schnappte verzweifelt nach Luft.

Während er zu Boden stürzte, durchfuhr ihn ein beängstigender Gedanke. Erst jetzt wurde ihm bewusst, dass seine Frau nie mitaß, wenn sie ihm sein Leibgericht gekocht hatte.

Sein Leibgericht

Tanja Metternich

Sie stand zurechtgemacht in der Küche und kontrollierte den Backofen. Sie musste dafür etwas in die Hocke gehen, was ihr ganz und gar nicht leichtfiel. Ihr rechtes Knie war wieder geschwollen und schmerzte sehr. Mit einer Hand stützte sie sich ab, um nicht ihr ganzes Gewicht auf die Beine verlagern zu müssen.

Sie stöhnte leise und versuchte, das Stechen zu unterdrücken. Das, was sich da in ihrem Ofen tat, war wichtiger. Sie trug ihr langes, royal-blaues Lieblingskleid, das ihre immer noch einigermaßen gute Figur betonte. Ihr Mann liebte es an ihr. Er sagte ihr oft, dass es das Blau ihrer Augen so wunderbar leuchten lasse und sie sehr sexy darin aussehe. Sie öffnete vorsichtig die Ofentür, rechnete damit, dass ihr ein Hitzeschwall entgegenkommen würde.

Aber da kam nichts. Nicht ein Hauch von Wärme blies ihr ins Gesicht. Das irritierte sie. Sie beugte sich weiter hinunter, und erst in dem Moment, als sie das immer noch rohe Fleisch im dunklen Ofen sah, wurde ihr bewusst, was falsch gelaufen war. Oh nein! Ihr Magen verkrampfte sich. Oh nein!

Ihre Finger schlossen sich fest um das Handtuch, mit dem sie immer wieder auf der Küchenablage vermeintliche Krümel und Flecken wegwischte. Sie richtete sich vorsichtig auf und fuhr sich durch ihr silbergraues halblanges Haar.

Sie hatte vergessen, den Backofen anzustellen. Wie sollte sie jetzt rechtzeitig fertig werden? Ihr Blick erreichte die Küchenuhr über der Tür. Es war bereits sechs Uhr. Normalerweise kam er gegen sieben.

Aber vielleicht war Stau und er verspätete sich. Ihre Augen füllten sich mit Tränen. Dabei wollte sie alles so schön für ihn machen. Es war doch sein Geburtstag! Hilflos sah sie sich in der Küche um. Sah zum Kühlschrank, zur Arbeitsfläche, den Schränken und schließlich zum Fenster hinaus, ohne wirklich zu erkennen, was dahinter lag. Würde der Braten rechtzeitig fertig?

Sie fühlte sich wie ein kleines Kind, das sich auf einmal allein zurechtfinden musste. Sie wandte sich wieder dem Backofen zu. Ganz ruhig, versuchte sie sich selbst gut zuzureden. Ganz ruhig. Erstmal den Ofen einstellen. Dann müsste er doch in spätestens anderthalb Stunden so weit sein.

Sie wollte alles richtig machen. Sie war doch noch nicht senil. Nein! Das konnte nicht sein. Sie ergriff das Tuch mit beiden Händen. Ganz ruhig. Sie atmete tief durch. Alles wird gut, sagte sie sich erneut. Der Druck ließ etwas nach. Mit zitterndem Handrücken wischte sie sich die Tränen von den Wangen.

Endlich pustete Wärme aus dem Lüftungsschlitz gegen ihren Oberschenkel. Sie seufzte erleichtert. Nun konnte sie den Tisch in der Essecke decken. Jeder ihrer Schritte fühlte sich an, als würde jemand mit dem Messer in ihr Knie stechen. Sie entschied sich für das gute Geschirr, obwohl selbst dieses schon manche Kerbe hatte und die Kristallgläser für den Wein. Dazu noch eine Kerze. Darum drapierte sie Muscheln von einem ihrer vielen Strandurlaube.

Etwas seitlich zu den Tellern stellte sie das Bild. Mit einem Lächeln strich sie zärtlich über den Bilderrahmen. Es versetzte ihr einen Stich ins Herz, aber sie ignorierte ihn und trat zwei Schritte vom gedeckten Tisch zurück. Es gefiel ihr. Alles würde gut werden.

Sie wandte sich wieder der Küche zu. Die Uhr zeigte fast halb sieben. Gut. Vor dem Backofen beugte sie sich nochmals bedacht hinunter und spähte hinein. Selbst mit ungeöffneter Tür spürte sie die Hitze.

Der Braten schmorte in der Auflaufform in seinem eigenen Saft. Beruhigt richtete sie sich auf, nahm die weiße Schürze vom Haken gleich neben der Tür und begann mit dem Zubereiten der Beilagen. Alles sollte perfekt sein. Bald würde er kommen.

Damit ein wenig Dampf vom Kochen hinausziehen konnte, wandte sie sich dem Fenster zu, um es zu kippen.

Sie ließ den Blick Richtung Straße gleiten und blickte auf die Häuser der gegenüberliegenden Seite. Die Straßenlaternen leuchteten bereits. Es regnete, Menschen eilten geduckt oder versteckt unter Schirmen nach Hause. Ihre Gedanken gingen auf Wanderschaft.

Ihr war, als hörte sie seine Stimme, während sie zum Küchenfenster hinausblickte. Hörte das Klappern des Schlüsselbundes, das er immer auf die Ecke der Kommode im Flur legte, sobald er zur Haustüre hereinkam.

Er musste oft sehr lange arbeiten, fand aber immer die Gelegenheit, sie mit irgendetwas zu überraschen. Mal waren es Blumen, mal ein Anruf mit lieben Worten, mal die Einladung in ein nettes Restaurant. In regelmäßigen Abständen brachte er sie zum Schweben. Dazu, sich wunderbar zu fühlen. Und das nach all den Jahren.

Sie erinnerte sich, wie er sie schon oft angesehen hatte, wenn er nach Hause kam. Zuerst den Blick anerkennend über ihre ganze Erscheinung gleiten ließ. Von den Augen über ihren Körper mit all ihren Rundungen, bis hinab zu den Füßen, wieder hinauf und zurück in ihre Augen, um sie anschließend liebevoll auf die Lippen zu küssen. Selbst jetzt überkam sie ein angenehmes Kribbeln.

Sein Gesicht sprach Bände in diesen Augenblicken. Er kam sehr gerne nach Hause, das wusste sie. Und sie freute sich, wenn er kam. Natürlich war es nicht täglich so, auch sie konnten sich streiten. Und wie sie sich dann stritten! Es war, als würde eine geballte Ladung Energie freigesetzt werden, wenn sie beide sich Luft machten.

Sie lächelte gedankenverloren. Die Küchenuhr klingelte. Oh! Sie drehte sich ihrem Herd zu. Zu schnell. Sie spürte einen scharfen Schmerz, keuchte auf und musste einen Moment innehalten. Doch sie konzentrierte sich auf ihr Vorhaben und schüttete die Kartoffeln ab. Ein kurzer Blick auf die Uhr zeigte ihr, dass es nicht mehr lange dauern konnte. Sie bereitete den Salat und öffnete den Wein. Der Braten konnte aus dem Ofen geholt und die Soße angerührt werden. Sie schnitt ihn in Scheiben. Das Messer glitt leicht durch das butterweiche Fleisch. Es war sehr gut gelungen. Der Duft des Essens erfüllte mittlerweile die gesamte Wohnung. Nachdem sie alles auf den Tisch gestellt hatte, zog sie die weiße Schürze aus und hängte sie zurück an ihren Platz. In diesem Augenblick klingelte es an der Tür. Sie hatte einen Kloß im Hals, als sie öffnete.

„Hallo Mama", grüßte ihre Tochter vorsichtig. „Der Bus hatte Verspätung." Die junge Frau sah in die Augen ihrer Mutter: „Ach, Mama, es tut mir so leid." Die beiden Frauen fielen sich in die Arme. Es war nicht zu erkennen, wer wen stützte. Für einige Sekunden gab sich die alte Frau ihrer Trauer hin. Ließ sie zu. Schluchzte in die Halsbeuge ihrer geliebten Tochter, die ebenfalls weinte und strich ihr sachte übers Haar.

Sie standen im Flur, die Haustüre noch weit geöffnet. Langsam lösten sie sich wieder voneinander. Mit den Fingern wischten sie sich gegenseitig die nassen Spuren aus den Gesichtern. Versuchten, sich aufmunternd anzulächeln. Die Tochter lugte neugierig über die Schulter ihrer Mutter, beide wollten nicht mehr weinen. So viele Tränen hatte es schon gegeben. „Mmh, das duftet herrlich, Mama. Ich komme genau richtig, habe ich recht?" Sie lächelten sich an.

„Komm, meine Kleine. Ich bin mit allem fertig." Sie nahm zärtlich die Hand ihrer Tochter und führte sie zu ihrem Stuhl: „Setz dich doch."

„Wow, Mama, das sieht ja toll aus." Es war warm im Raum, nur wenige Lichter brannten. „Möchtest du ein Glas Wein?" Die Liebe zu ihrer Tochter ließ sie Kraft gewinnen. Sie füllte beide Gläser etwa zur Hälfte. Sie sahen sich in die Augen, als sie sich zuprosteten. „Auf dich, Mama."

„Auf dich, Sabine". Es gab ein leises Klirren. Die Tochter hob nun ihr Glas zum Bild: „Auf dich, Papa." Die Frau tat es ihr gleich, sie sprach leise: „Auf dich, mein lieber Marc." Ihre Stimme zitterte. Es war bereits 5 Jahre her, seit er bei einem Autounfall ums Leben gekommen war. „Wir vermissen dich sehr. Alles Liebe zu deinem Geburtstag." Sie trank einen Schluck. Ihr Unterkiefer zitterte. „Möchtest du etwas von dem Braten?", lenkte sie sich ab und legte ihrer Tochter ein Stück auf den Teller, ohne die Antwort abzuwarten.

Waldspaziergang

Tanja Metternich

Sie spazierte langsam. Gemütlich. Hob ihre Füße, die in gefütterten Stiefeln steckten, nur leicht an. Sie schob einen Fuß nach dem anderen gemächlich zwischen den leuchtenden Blätterschichten nach vorne, begleitet von lautem Rascheln. Ein herrliches Gefühl – wie in Kindertagen. Sie erinnerte sich gerne an ihre Kindheit, als das Leben noch unbeschwert war, Cowboys und Indianer im Garten ihrer Eltern wohnten, oder sie als Forscherin und Entdeckerin unterwegs war. Als überall das Abenteuer wartete. Aber das war

schon lange her. Hier versuchte sie dem All-
tag zu entkommen. Seit Tagen, nein, seit
Wochen war dieser innere Druck immer stärker geworden. Sie hatte mehr und mehr den
Eindruck, sich langsam aufzulösen. Als würde
sie nur noch funktionieren.

Hin und wieder trat sie auf einen
verborgenen Zweig und brachte ihn zum
Knacken. Wann hatte sie eigentlich ihr letztes
Buch gelesen? Sie wusste es nicht mehr.
Machte sich aber auch nicht die Mühe, sich
wirklich zu erinnern. Das verlangte eine
weitere Anstrengung von ihr. Dieser Frust
fraß sie auf. Es wurde Zeit, dass sich etwas
änderte – aus einem Impuls heraus war sie
ins Auto gestiegen und hierher gefahren.
Beim Müllrausbringen war ihr das herrliche
Wetter aufgefallen. „Raus!", war alles, was
sie denken konnte. Weg. Luftholen.

Sie blickte vor sich hin. Schaute zu, wie sich
das Laub seitlich ihrer Schritte erneut
sammelte. Vor ihrem inneren Auge sah sie
die nasse, dunkle Erde unter den Blättern. Sie
streifte bewusst mit ihren Stiefelsohlen
darüber. Es war die richtige Entscheidung

gewesen, hierher zu fahren. Es war ein angenehmes Gefühl. Besonders nach dem Ärger der letzten Tage. Sie hatte sich auf das kommende Wochenende gefreut. Ein freies, wirklich freies Wochenende war etwas so kostbares. Aber er hatte abgesagt. Die Kinder immer nur dann zu sich nehmen, wenn sie arbeiten musste? War das seine Art der Kontrolle über sie? Zu wissen, dass sie arbeiten, beschäftigt war, und nicht auf andere Art und Weise ihre Freizeit verbrachte? Oder wurde sie schon paranoid? Das konnte, das durfte einfach nicht wahr sein! Durchschnaufen! Es wird schon.

Sie ging schneller.

Warum hörte er nicht auf damit? Musste sie arbeiten und hatte die Kinder trotzdem, kam sie doch schließlich auch zurecht.

Die Blätterschichten zu ihren Füßen flogen ruckartig auseinander.

Am besten nahm er die Kinder gar nicht mehr, dann bräuchte sie sich auch nicht mehr auf dieses verdammte freie Wochenende freuen.

Kaum hatte sie diesen Gedanken zu Ende gedacht, bekam sie auch schon ein schlechtes Gewissen. Nein, nicht auf dem Rücken der Kinder. Natürlich sollte er sie nehmen. Schließlich war er doch ihr Vater. Er unternahm wirklich viel mit ihnen, viel mehr als sie. Das versetzte ihr oft einen Stich. Doch eigentlich war sie ja ansonsten immer da. Oder nicht? Sie musste sich von diesem Druck befreien. Sie wollte endlich frei sein. Von ihm. Von diesen erdrückenden Zweifeln. Unbedingt!

Immer wieder brach die Sonne durch die Wolkendecke und tauchte den Wald in ein goldenes Licht. Die Luft war kalt und klar und trug den Duft feuchten Laubes und nassen Waldbodens mit sich. Ein leichter Wind bewegte die Äste der Bäume über ihr.

Sie blieb stehen und sah hinauf zu den halbkahlen Kronen. Die Blätter, die noch nicht herabgefallen waren, rieben aneinander und erzeugten Illusionen von dünnem Papier, oder als wäre ein Bach in der Nähe, der über Steine plätscherte.

Wie wäre es, wenn sie ihm einfach nicht mehr erzählte, wann sie Dienst hatte? Es machte doch sowieso keinen Unterschied.

Sie musste etwas ändern und würde es auch. Die Sonne hinter den geschlossenen Lidern, lauschte sie weiter. Hörte das Geraschel der Blätter, hörte das gesamte Rauschen des Waldes. Ein gelegentliches Knacken. Nicht ein Vogel war zu hören. Es war nur der Wald, der atmete, der lebte, der zu sprechen schien. Warm eingepackt in ihrer dicken Jacke, die Hände in den Taschen, fühlte sie die wärmende Sonne und den leichten Wind in ihrem Gesicht.

Sie genoss dieses Gefühl, diese besondere Art der Stille, die eigentlich gar keine war. Ihr Atem wurde ruhiger und gleichmäßiger. Ihre Schultern, ihr Rücken, besonders ihre Gesichtsmuskeln entspannten sich. Sie war im Hier und Jetzt und doch ganz woanders.

Irgendwo in der Ferne vernahm sie Glockenläuten. Sie musste gehen. Doch sie blieb stehen. Warm eingepackt in ihrer dicken Jacke, die Hände in den Taschen, die Augen geschlossen, und lauschte weiter der besonderen Stille.

Mit einem Mal hatte sie es nicht mehr so eilig.

Waldspaziergang

Ratbil Ahang

Im Wald fühlt sie sich zuhause. Besonders im kleinen Witterschlicker Mischwäldchen in der Nähe ihrer Einzimmerwohnung. Exakt 512 Schritte braucht sie, um zu ihrem, wie sie sagt, „Traumpark" zu gelangen. Sie muss nur über die Bahnlinie gehen und einen kurzen Feldweg überqueren. Dann über eine kleine Holzbrücke und schon ist sie da. Am Eingang wird sie von einer wunderschönen und mindestens zehn Meter hohen Eiche begrüßt. Kurz danach nimmt sie eine kleine Kapelle mit ihrer dunkelgrauen Kuppel in Empfang. Dort zündet sie oft eine schlanke, weiße Kerze an. „Für alle, die anderen Hoffnung geben", murmelt sie dann leise vor sich hin.

Sie kommt stets allein. Dabei ist sie so stolz auf ihren „Wald" und erzählt jedem zum hundertsten Mal wie toll es dort ist. Doch es hat einen einfachen Grund, warum sie bislang keine Freundin oder keinen Freund zu ihrem „Lieblingsplatz auf der ganzen Welt" mitgebracht hat: Sie möchte mit den Bäumen allein sein. Sie kennt jeden einzelnen sehr gut und hat fast für jeden von ihnen einen Namen. Tannenbäume haben in der Regel Frauennamen, Eichen dagegen bekommen von ihr Männernamen.

Also besucht sie mal die elegante „Jutta", mal die sportliche „Elisabeth", mal den halbstarken „Christian" oder auch den lustigen „Sebastian". Je nachdem, was sie gern loswerden möchte, bleibt sie beim einen oder anderen Baum länger stehen. Sie erzählt dann, was sie gerade beschäftigt. Sie führt einen regelrechten Dialog mit den Bäumen und ist davon überzeugt, dass „Christian" oder „Jutta" ihr ernsthaft zuhören und passend auf ihre Fragen antworten. Dass sie mit Bäumen redet, hat sie natürlich niemandem erzählt. Alle würden sie für verrückt erklären.

„Bäume", sagt sie, „können nicht nur zuhören, sie sind auch sehr gute Erzähler. Ein jeder von ihnen kennt tausende Geschichten. Geschichten, die man nur mit den Augen hören kann. Geschichten, die einem bei der Berührung des Baumes bereitwillig offenbart werden." Aber sie weiß ja wie ihre Freunde reagieren, wenn sie von Bäumen erzählt, als ob sie menschliche Wesen wären. „Die frische Luft tut dir nicht gut", sagen sie dann spöttisch. Oder sie fragen sie ernsthaft, ob alles mit ihr in Ordnung wäre. Also sagt sie lieber gar nichts und bemitleidet ihre Freunde weiter.

Heute ist sie wieder da. Viel später als sonst. Ihr hellblaues Kleid deutet darauf hin, dass sie chic ausgegangen war. Umringt von mehreren Tannenbäumen beginnt sie zu erzählen. Sie ist richtig aufgeregt. Doch sie weiß, dass „Sabrina" und „Michaela" immer für sie Verständnis haben. „Angelika" ist zwar ab und an etwas mürrisch, doch auch die Tanne hat sie nie für irgendeine ihrer Entscheidungen getadelt.

Gefühlte acht Jahre steht sie da und redet sich alles von der Seele. Zum Schluss fragt sie wie immer: „Was soll ich tun?" Die Antwort kommt nicht sofort. Sie ist ungeduldig und fragt erneut, aber diesmal viel lauter: „Also was soll ich tun?" Die Eichen wirken leicht verschreckt und schütteln missbilligend ihre Kronen. Alle Augen, so nimmt sie es wahr, sind nun auf sie gerichtet. Es dauert noch eine Weile, bis sie eine Antwort bekommt. „Das kann ich nicht machen", sagt sie verschreckt und beginnt zu diskutieren. Doch die Tannen scheinen aber ihre Meinung nicht zu ändern. Also geht sie und verabschiedet sich gedankenverloren mal von „Ernesto" und mal von „Priya".

Einige Tage vergehen. Dann kommt sie wieder. Sie ist nicht allein. Ein hübscher, großgewachsener und sportlich schlanker junger Mann begleitet sie. Er hat dunkelbraune Haare, was sehr gut zu seinem cremefarbenen Anzug passt. Ein Murmeln und Grummeln geht durch das Wäldchen. Sie weiß, dass alle nun über ihren Begleiter reden. Der junge Mann scheint leicht irritiert zu sein. „Katja, was machen wir hier?", fragt er und versucht dabei nicht genervt zu klingen. „Ich dachte, wir gehen zu deiner Familie." „Wir sind da", erwidert sie fast ängstlich. „Hier sind alle meine Verwandten und Freunde beisammen. Komm, ich werde dich ihnen vorstellen."

Sie geht ein paar Schritte nach vorn und schaut sich um; sie will sicher gehen, dass sie allein ist. „Also meine Lieben", ruft sie laut, ihre Stimme zittert. Hier und da fallen ein paar grüne Blätter zu Boden, leises Rascheln ist an manchen Ecken zu hören, einige Vögel tauschen ihre Plätze. Das alles stört sie aber nicht. Sie räuspert sich und gibt ihrem Begleiter, der ziemlich verdattert dreinschaut, ein Zeichen näher zu kommen. Fast mechanisch, ohne richtig zu begreifen, was mit ihm geschieht, setzt er einen Fuß vor dem anderen und bleibt neben Katja stehen. „Also, das ist er. Das ist Ralf", ruft sie und zeigt auf ihn. „Von ihm habe ich euch ja viel erzählt. Er ist 29, zwei Jahre älter als ich…" Anscheinend ist sie unterbrochen worden. „Tschuldigung", sagt sie lächelnd. „Das stimmt. Ihr wisst ja schon alles über ihn".

Der 29-jährige Ralf, der offensichtlich wieder zu sich gekommen ist, nimmt die Hände von Katja in seine und schaut ihr tief in die Augen. Nach einigen Sekunden fragt er fast flüsternd, aber sehr energisch: „Was. Soll. Das. Alles?" Katja wird leicht blass. Sie weiß für einen Moment nicht, was sie sagen soll. Doch dann nimmt sie all ihren Mut zusammen: „Wir…, wir sind hier bei meiner Familie, bei meinen Freunden. Diese Bäume stehen mir sehr nah. Ich kann mit ihnen reden und sie sprechen mit mir." Sie schließt ihre Augen und fragt: „Kannst du mich verstehen?"

Ralf versteht die Welt nicht mehr. Er hat sich noch nie so sprachlos gefühlt. Auf so ein Familientreffen war er nicht vorbereitet. Er versucht, den Rest an Spucke in seinem Mund zusammenzukratzen, um seine Zunge bewegen zu können. Er schaut zu den vielen Bäumen um sich herum. Sie kommen ihm jetzt ganz anders vor. Jeder fast mit einem eigenen Charakter. Er entscheidet sich sehr schnell. „Katja", fragt er immer noch flüsternd, „was sagen deine Freunde, mögen sie mich?"

Obwohl sie sich geschworen hatte, nie vor einem Mann zu weinen, laufen ihr die Tränen über die Wangen. „Ja", sagt sie leise. Für ein weiteres Wort, für eine weitere Silbe fehlt ihr die Kraft.

100

Sie umarmt ihn. So fest, wie sie vorher noch niemanden umarmt hatte. Endlich. Sie ist erleichtert. Erleichtert wie eine ganze Stadt, die gerade einen Taifun gut überstanden hat. Einige Ewigkeiten später lässt sie ihn langsam los und schaut zu ihren Freunden. Die Tannenbäume liegen sich gegenseitig in den Armen und schluchzen leise vor Glück. Die Eichen dagegen scheinen weniger beeindruckt zu sein und beäugen ihren Begleiter voller Skepsis. Katja muss lachen. Sie lacht immer lauter und lauter. Ihr Freudengelächter kann man heute noch im kleinen Witterschlicker Wäldchen hören.

Ein neues Hemd

Ratbil Ahang

Sein hellgrünes Hemd leuchtete matt im Mondlicht, das durch die Fenstergitter unterbrochen auf einen Teil des Raumes fiel. Seit Stunden schaute sich Hamza das neue Hemd an und stellte sich immer wieder die Frage, ob er es am nächsten Morgen anziehen sollte oder nicht. Hamza liebte hellgrüne Hemden. Immer, wenn er mit seiner Mutter allein war, sprach er davon, dass er gern ein hellgrünes Oberteil hätte. „Woher nehmen, wenn nicht stehlen?", sagte dann seine Mutter zu ihm und lachte gequält.

Sie vermied es bei diesen Gesprächen, ihrem Sohn in die Augen zu schauen, und tat sehr geschäftig. Ihr Geld reichte nie für neue Kleider, also versuchte sie ihren Sohn auf andere Gedanken zu bringen, wenn er wieder anfing zu träumen. „Hellgrün ist keine Farbe für Männer", erklärte sie mit vorwurfsvoller Stimme. „Wer schon elf Jahre alt ist, sollte das anziehen, was echte Männer tragen." Die Zahl elf dehnte sie besonders lang aus und schüttelte dabei leicht ihren Kopf.

Seufzend nahm Hamza die Argumente seiner Mutter hin, obwohl er sie leicht widerlegen konnte. Er hatte schon oft in der Teheraner Innenstadt erwachsene Männer mit hellgrünen Hemden gesehen.

Manche von ihnen kauften bei ihm Kaugummis. Doch er hatte sehr früh gelernt, dass es keinen Sinn machte, mit seinen Eltern zu diskutieren. Immer, wenn er es versucht hatte, wurden ihm tödliche Blicke zugeworfen. Zudem bombardierten sie ihn

mit unlogischen Begründungen, die er hasste. „Ein afghanischer Junge widerspricht seinen Eltern nicht", sagte sein Vater mit der größten Enttäuschung in der Stimme. Seine Mutter nannte ihn einen verwöhnten Prinzen. „Unser Prinz hat es vielleicht gar nicht mitbekommen, dass wir einfache Flüchtlinge sind und nicht zum Spaß in diesem gottverdammten Land leben."
Als Hamza nun das hellgrüne Hemd geschenkt bekam, war er sehr überrascht. Wenn er wollte, könnte er es in acht Stunden tragen. Um acht Uhr morgens, hatte man ihm gesagt, würde er zum Himmel fliegen. Der zuständige Beamte für verurteilte, minderjährige Afghanen lachte, als er ihm von dem besonderen „Ausflug" am nächsten Tag erzählte. Derselbe Beamte und ein paar andere Polizisten, denen Hamza keine Kaugummis mehr gratis geben wollte, hatten vor Gericht bestätigt, dass er Drogen verkaufen würde. Um fünf Minuten nach acht zog man den Tisch unter seinen Füßen weg. Für einige Sekunden zuckte und

zappelte Hamza wild, dann erschlaffte sein Körper.

Im morgendlichen Sonnenlicht fanden die anwesenden Polizisten, dass sein hellgrünes Hemd besonders schön leuchtete.

Kein neues Hemd

Tanja Metternich

Sie hörte ihn schon, als er die Tür aufschloss. Er glaubte, sich neben sie geschlichen zu haben. Doch das Bett knarzte unter seinem Gewicht, als er sich neben sie unter seine Bettdecke wälzte und augenblicklich einschlief. Hellwach lag sie da. Eine Weile lauschte sie seinen regelmäßigen Atemzügen und ihrem eigenen, beschleunigten Herzschlag. Sie ahnte, wo er wieder gewesen war. Es war ja nicht das erste Mal. Doch wie lange wollte sie dieses Spiel eigentlich noch mitmachen? Sie brauchte Klarheit. Vorsichtig beugte sie sich, auf ihren Ellbogen gestützt, zu ihm hinüber. Er hatte sich auf die Seite gedreht und schnarchte Richtung Bettkante. Behutsam, sie wollte ihn auf keinen Fall aufwecken, roch sie an seinem Hemd. Er hatte sich nicht die Mühe gemacht, es auszuziehen. Einige Male atmete sie tief, um genug Duft aufzunehmen.

Diesmal war sie sich hundertprozentig sicher: Er roch nach Alkohol und einer anderen Frau, nach Sex. Wie erschlagen legte sie sich zurück auf den Rücken und starrte die Decke an. Es dauerte einen Moment, bis sie sich beruhigte und wieder klar denken konnte. Was sollte sie tun? So konnte es nicht weitergehen. Es war an der Zeit. Einem spontanen Gedanken folgend, stand sie leise auf und begann mit den Vorbereitungen.

Was für eine Nacht. Er hoffte sehr, keinen Filmriss zu haben. Er brauchte dringend ein neues Hemd! Mit dem alten konnte er unmöglich nach Hause gehen. Es war früh am Morgen, die Nacht verschwand, das Licht des beginnenden Tages war grau. Mit jeder Menge Restalkohol im Blut musste er sich ein wenig mehr als sonst auf den Weg konzentrieren. Es war fast sechs Uhr. Seine Frau würde bald aufstehen und ihn erwischen. Eigentlich wollte er früher zu Hause gewesen sein, aber die letzten Stunden waren zu geil gewesen! Seiner Frau hatte er am Tag zuvor erzählt, dass er sich mit seinen Kollegen an zwei aufeinanderfolgenden Tagen treffen musste. Dass seine scharfe Kollegin ebenfalls dabei sein würde, hatte er verschwiegen. Er kicherte beim Gedanken daran.

Die dämliche Kuh glaubte ihm einfach alles. Ach, scheiß auf das Hemd! Immer noch haftete der betörende Duft dieser Wahnsinnsfrau daran. Die war nicht so verklemmt wie seine frigide Ehefrau.

Endlich erreichte er sein Haus, seine Prunkvilla. Ein Gefühl von Besitzerstolz überkam ihn bei ihrem Anblick. Das gesamte Anwesen sah blitzblank und schnieke aus. Doch irgendetwas verwirrte ihn beim Betrachten des Gebäudes. Er verharrte einen Augenblick, den er nutzte, um zwischen die Rosen zu pinkeln. Die Rollläden im oberen Stock sollten doch längst oben sein? Normalerweise war sie um diese Zeit längst aufgestanden und bereitete das Frühstück. Irritiert stolperte er über den Kiesweg zur Eingangstür. Es knirschte unter seinen Schuhen. Bevor er aufschloss, zupfte er sein Hemd zurecht. Man wusste ja nie. Schließlich brauchte er sie noch. So leise wie möglich drehte er den Schlüssel um und trat ein. Im Inneren herrschte absolute Stille. Ob sie noch schlief? Na umso besser!

Sein erster Gang führte ihn in die Küche. Es lag Kaffeeduft in der Luft. Auf dem Tisch standen ein Teller, ein Messer und seine Tasse. Sogar an ein Frühstücksei hatte sie gedacht. Im Brotkorb lagen frischgebackene Brötchen. Er war verdutzt. Hatte er etwas vergessen? Seine Sekretärin erinnerte ihn doch immer an alles und besorgte Blumen und sonstigen Kram.

Er nahm die Kaffeekanne von der Maschine und schenkte sich ein. Mit der Tasse in der einen und einem Brötchen in der anderen Hand schlurfte er ins angrenzende Wohnzimmer. Wo war das Weib bloß? Schwer ließ er sich in seinen Ledersessel fallen. Der Kaffee schwappte über, verbrannte seinen

Handrücken und drang heiß durch sein Hosenbein.

Verärgert schrie er auf: „Beate, wo steckst du? Ich brauch ´nen Lappen!" Nichts rührte sich. Er stellte die Tasse vor sich auf den Wohnzimmertisch, nahm das darauf liegende Häkeldeckchen seiner Frau, wischte sich über Hand und Hose und warf es beiseite. Mit der Fernbedienung, die auf der Armlehne seines Sessels bereit lag, zielte er auf den Fernseher. Mitten auf dem Bildschirm war ein Zettel befestigt. „Beate!", brüllte er. Wieder keine Reaktion. Sein Hochgefühl dieser Nacht war weg. Na warte! Wenn die auftauchte.

Er hievte sich hoch und schlich um den Tisch zum Bildschirm, riss den Zettel ab, zerknüllte ihn und warf ihn, ohne einen Blick darauf zu verschwenden, in die Ecke. Schwerfällig ging er zurück zu seinem Sessel und schaltete endlich den Fernseher ein.

Der Sonnenaufgang war wunderschön. Sie genoss das aufsteigende Gefühl, sich von etwas Schwerem befreit zu haben. Das Packen war schnell erledigt gewesen. Sie brauchte nicht viel. Nur zwei Koffer lagen im Kofferraum, bereit für eine neue Zukunft. Die Autobahn am frühen Morgen war noch wunderbar leer. Nach einer Stunde Fahrt erreichte sie das Haus ihrer Freundin. Ein kleines, gemütlich eingerichtetes Reihenhaus mit einer netten, vierköpfigen Familie. Ihre Freundin hatte ihr sofort angeboten, bei ihr wohnen zu können. Ein Anruf hatte genügt. Sie hatte dennoch vor, sich schnell etwas Eigenes zu suchen. Doch eins nach dem anderen. Kaum hatte sie die Autotür geöffnet, ging auch schon die Haustür auf und ihre Freundin eilte ihr aufgeregt entgegen.

Auf der Hälfte des Weges wurde sie mit einer herzlichen Umarmung empfangen. Als sie sich wieder losließen, sah ihre Freundin sie mit Tränen in den Augen an. „Es tut mir so leid!", sagte sie.

Beate sah sie ruhig an, so ruhig, wie sie sich innerlich fühlte. Sie blickte zurück zu ihrem Wagen und stellte sich ihren Mann vor, der vermutlich Krümel und Kaffee verteilend durchs Haus wankte. Vielleicht pinkelte er gerade auch zielstrebig neben die Toilette. Diese Gedanken wieder abschüttelnd, sah sie lächelnd ihre Freundin an. Ein lange vermisstes und sehr wohltuendes Gefühl der Freude durchströmte sie: „Mir nicht."

Alles auf eine Karte setzen

Ratbil Ahang

Das Messer, das er sich gekauft hatte, war zwar groß, doch nicht so elegant wie das im Film. Hamid hatte aber auch nicht erwartet, in seiner kleinen Stadt ein „Filmmesser" zu finden. Er war einfach nur froh, dass er nun sein Vorhaben in die Tat umsetzen konnte. Noch vor einer Woche hatte er weder diese Idee noch den Mut dazu gehabt. Doch mit dem neuen indischen Film, den er sich im Kino der größeren Nachbarstadt angeschaut hatte, hatte sich alles geändert.

20 und 4 Geschichten

Hamid liebte Filme, und vor allem indische. Sie boten ihm alles, was sein Herz begehrte: Viele Action-Szenen, Witz, schöne Lieder und - was ihm am wichtigsten war: herzzerreißende Romanzen. Die drei Stunden, die er monatlich ein bis zwei Mal im Kino verbrachte, um einen indischen Film zu sehen, zählten für ihn zu den schönsten in seinem Leben. Die Bollywood-Streifen gefielen ihm vor allem deshalb, weil darin jede Liebesgeschichte ein glückliches Ende nahm. Meist in Form einer Märchenhochzeit der unheimlich ineinander verliebten Hauptdarsteller.

In seiner eigenen Wirklichkeit kannte Hamid keinen einzigen Fall von Liebesheirat. Vielleicht wurde auch in seiner Stadt aus Liebe geheiratet, doch kein Mensch sprach darüber. Verliebte Mädchen galten im Allgemeinen als Nutten, verliebte junge Männer als Tunichtgute. Die Liebe, so wurde allseits verkündet, bringe nur Kummer und Unglück. Dennoch kannte Hamid keinen einzigen Freund, der nicht heimlich in irgendein Mädchen verliebt war.

114

Ein Zusammenleben von zwei jungen Menschen wurde aber nur durch eine von den Eltern gesegnete Heirat möglich. Einen anderen Weg gab es nicht.

In den indischen Filmen ging es ähnlich zu. Auch dort fand keine Hochzeit ohne die Zustimmung der Eltern statt. Die Dramaturgie der Filme verlangt aber, dass entweder der Vater der Braut oder des Bräutigams zunächst gegen die Vermählung ist. Doch drei Stunden und viele dramatische Szenen später willigen sie ein und verhelfen so dem arg gebeutelten Liebespaar zu seinem Glück. Im letzten Film, den Hamid sich angeschaut hatte, greift der Held zu einer drastischen Maßnahme: Nachdem all seine Versuche fehlgeschlagen sind und der Vater seiner geliebten Freundin ihn partout nicht als Schwiegersohn akzeptieren möchte, beschließt er, alles auf eine Karte zu setzen.

Er kauft ein sehr großes, elegantes Messer und besucht den Vater seiner Angebeteten. „Nehmen Sie das Messer", sagt er zu ihm, „und erlösen Sie mich von meinen Qualen. Mein Leben hat ohne Ihre Tochter keinen

Sinn." Im Film geht es Minuten lang hin und her. Am Ende ist der Vater des Mädchens von der Opferbereitschaft des jungen Mannes dermaßen beeindruckt, dass er ihn umarmt und sich weinend bei ihm entschuldigt. Der Held, der gekommen war, um zu sterben, ist sehr glücklich und stößt einen befreienden Schrei in den Nachthimmel aus. Einen Schrei, der über die ganze Stadt hallt.

Hamids Klopfen an der Holztür hallte zwar an jenem stillen Winterabend auch, doch nicht so dramatisch, wie er es von seinen Lieblingsfilmen kannte. Er spürte plötzlich das Gewicht des Messers in seiner Tasche. Bis zu diesem Moment war ihm das gar nicht aufgefallen. Seltsam, dachte er, doch für solche Gedanken hatte er nun keine Zeit mehr. Er war gekommen, um es seinem Filmhelden gleich zu tun.

Die Familie des Mädchens, das er liebte, war mit ihm als Schwiegersohn nicht einverstanden. Seine Eltern waren mehr als zehn Mal bei Vater und Großvater des Mädchens vorstellig geworden, doch sie wollten ihn nicht zum Schwiegersohn haben. Ein Leben ohne seine geliebte Homa wollte sich Hamid aber nicht vorstellen. Er war, seitdem er denken konnte, in sie verliebt. Wann ihre Liebe begonnen hatte, wusste er genau: Es war Winter. Der erste Schnee des Jahres hatte alles in der Stadt bedeckt. Eine schöne, weiße Decke lag über den Bergen, Feldern, Straßen und vielen Lehmhäusern. Hamid war bei seiner Tante, um ihr beim Schneeschippen zu helfen. Die Tante hatte keine Söhne und ihr Mann litt an einer Rheumaerkrankung.

Bei der Tante hatte er Homa getroffen, eine Freundin seiner Cousine. Er hatte sich auf der Stelle in sie verliebt. Seit diesem Tag wollte und konnte er an nichts anderes denken als an ihre grünen Augen. Die Besuche bei seiner Tante nahmen zu, und auch Homa schaute häufiger bei ihrer Freundin vorbei. Ihre Begegnungen im Haus der Tante waren sehr kurz. Wenige Sekunden auf dem Flur, nicht mehr. Doch in diesen wenigen Augenblicken waren sie in der Lage, sich sehr viel zu erzählen.

Hamids Gedanken wurden jäh unterbrochen. Die Haustür ging knarzend auf und ein groß gewachsener, bärtiger Mann erschien im Türrahmen. Homas Vater erkannte trotz der Dunkelheit sofort, wer geklopft hatte, und schien höchst überrascht. „Darf ich kurz hereinkommen?", fragte Hamid flehend. Er kannte seinen Text und hatte auch Gestik, Mimik und sogar die Tonlage seines Vorbildes sehr genau einstudiert.

„Komm rein", sagte Homas Vater, immer noch verdutzt. Kaum in den Hof eingetreten, drehte sich Hamid zu dem bärtigen Mann um und zog das Messer. Sein Gegenüber erschrak so sehr, dass er deutlich sichtbar zusammenzuckte. „Nehmen Sie das Messer", sagte Hamid, „und erlösen Sie mich von meinen Qualen. Mein Leben hat ohne Ihre Tochter keinen Sinn." Im Film war nach diesem Satz des Helden, der von dramatischer Musik begleitet wurde, die Heldin in den Hof gekommen, um ihm zur Seite zu stehen. Doch Hamid kam niemand zur Hilfe. Er und Homas Vater waren die einzigen im großen, vom Schnee bedeckten Hof des Hauses.

Homas Vater, der sich von seinem Schreck rasch erholt hatte, nahm das Messer. Auch diese Szene war im Film ein wenig anders. Aber genau wie im Film erklang ein Schrei, der einige Minuten später zu hören war. Ein Schrei, über den am nächsten Tag die ganze Stadt sprach.

Alles auf eine Karte setzen

Tanja Metternich

Sie jagten ihn siegessicher die Straße hinunter. Das Dorf wirkte so gut wie menschenleer an diesem warmen Sommernachmittag. Er stolperte über die Bordsteinkante, fing sich wieder und rannte weiter. Er war ein guter Läufer, das wusste er. Und es war seine einzige Chance zu entkommen. Sie waren zu dritt und er allein. Er fürchtete sich vor den Schlägen oder was auch immer sie mit ihm vorhatten. Vor nicht mal zwei Wochen hatten sie seinen Kopf in die Kloschüssel des ständig verdreckten, stinkenden Schulklos gesteckt. Als sie ihn endlich losließen, hatte er sich übergeben müssen. Sie lachten bloß hämisch. Noch Tage danach hatte er das Gefühl, danach zu riechen.

Er bog um die nächste Ecke, vorbei an gepflegten Vorgärten, und sprang dabei über den Dackel von Frau Huber, die er fast übersehen hätte.

„Pass doch auf, du Nichtsnutz!", brüllte sie ihm empört hinterher. Im nächsten Moment wurde sie von den anderen Jungs angerempelt. Dennis sah nicht, ob sie fiel. Hörte ihren Aufschrei und den Hund aufheulen. Keuchend hechtete er in die schmale Gasse zwischen den Gärten, in der Hoffnung, einen Unterschlupf zu finden. Doch sie waren zu nah. Er spürte ihre Blicke in seinem Rücken.

„Ey, Pickelgesicht, bleib stehen! Wir tun dir doch nichts!", riefen sie ihm nach. „Nein, bestimmt nicht!", setzte Paul lachend nach. Es machte ihnen gewaltigen Spaß, ihre gemeinen Spiele mit ihm zu spielen.

„Lasst mich in Ruhe!", brüllte er über die Schulter hinweg verzweifelt zurück. Er suchte nach einem Ausweg, suchte nach einem

Versteck. Sein Puls pochte in seinem Hals, er merkte, wie er langsam schwächer wurde. Aber er hastete weiter. Eigentlich wollte er nicht mehr wegrennen, doch was sollte er tun? Genauso wenig wollte er eine blutige Nase. Er begriff es einfach nicht. Warum hatten sie ihn ausgesucht? Was hatte er ihnen getan?

Er erreichte die breitere Straße, die aus dem Dorf hinausführte. Er musste nur noch über die Schienen sprinten, dann würde er den Wald erreichen. Seine Beine begannen zu schmerzen. Doch er zwang sich zu einem gleichmäßigen schnellen Tempo. Endlich ließ er die letzten Häuser hinter sich. Der Schweiß rann ihm den Rücken hinab.

Er sah die Gleise und den Wald dahinter, erblickte in der Ferne den nahenden Zug. Dennis´ Abstand zu dem Bahnübergang war deutlich kürzer als der des Zuges. Er konnte ihn schon hören. Doch der Zug war sichtbar schneller als er. Dennis erkannte, dass sie etwa zur gleichen Zeit den Übergang erreichen würden. Er mobilisierte alle seine Kraftreserven und beschleunigte nochmals. Das war seine Chance! Schaffte er es, schneller zu sein, würden Emil, Gregor und Paul auf der anderen Seite warten müssen, und er hatte genug Zeit, sich im nahgelegenen Wald zu verstecken.

Er bekam kaum noch Luft, aber er gab alles. Nur noch 100 Meter. Der Zug kam immer näher. Abermals versuchte er einen Zahn zuzulegen. Wagte einen letzten kurzen Blick nach hinten. Seine Verfolger waren etwas zurückgefallen und mühten sich, das Tempo zu halten. Das motivierte ihn.

Dennis setzte alles auf eine Karte. Es musste einfach funktionieren. Der Zug war bedrohlich nah. Er musste noch schneller rennen. Seine Lungen brannten. Er würde es schaffen. Das Getöse des Zuges dröhnte in seinen Ohren. Die Lok hatte den Bahnübergang fast erreicht. Dennis setzte alles in diese eine Sekunde, die er brauchte, um schneller zu sein. Er spürte die Nähe der Lok mehr, als dass er sie sah. Der Zugführer hupte erschrocken, doch Dennis kannte kein Zurück mehr und sprang.

Die Hütte

Ratbil Ahang

Der Briefumschlag fiel Melanie als Erstes auf. Es war ein postkartengroßer, weißer Umschlag, der unter dem Türklopfer ihrer Hütte steckte. Erschrocken blieb sie stehen und schaute sich vorsichtig um. Wer könnte ihr hierher, in diese einsame Gegend, mitten im dichtesten Wald des Landes, einen Brief geschickt haben? Eine andere Frage interessierte sie allerdings noch viel mehr: Wer wusste überhaupt davon, dass sie sich einige Stunden in der Woche von der Welt da draußen zurückzog und nur für sich und mit sich allein sein wollte? Niemand konnte von ihrem geheimen Versteck wissen. Sie hatte weder ihrem Mann, den sie seit 25 Jahren kannte und immer noch „ertrug", noch ihrer besten Freundin davon erzählt.

Als sie sich vor acht Jahren entschied, die Hütte zu kaufen, sollte sie ein Geschenk für ihren Gatten werden. Eine Kollegin verkaufte damals „ihr Liebesnest", weil ihr der Partner entflogen war. Sie gestand Melanie, dass sie die Wucht der Erinnerungen in ihrer Waldhütte nicht mehr aushalten konnte. Der Preis war angemessen, und ein „Liebesnest" schadet keinem Ehepaar mit zwei fast erwachsenen Kindern, dachte Melanie damals. Als sie aber zum ersten Mal das quadratische, moosbedeckte Holzhäuschen besuchte, hatte sie das Gefühl, endlich ein Zuhause gefunden zu haben. Ein Zuhause, das sie mit niemandem teilen wollte.

Seit jenen Tagen kam sie mindestens einmal in der Woche in ihre Waldhütte. Die Tatsache, dass sie, soweit das Auge reichte, nur von mächtigen, großen und stolzen Bäumen umgeben war, gefiel ihr sehr. Die Tannen, Eichen oder Fichten fragten sie nicht: „Hast du wieder zugenommen?" oder „Warum hast du wieder die Akten falsch sortiert?" oder „Wie war ich, Schatz?" oder „Wann sind meine T-Shirts gebügelt?" oder „Weißt du noch, dass du eine Mutter hast?" oder, oder, oder. Melanie hatte nun ein Geheimnis. Sie freute sich sehr und fühlte sich allen, die nichts von ihrem Versteck ahnten, überlegen.

Der kleine Umschlag unter dem Türklopfer schien alles zu verändern, ihr schönes Paralleluniversum zu zerstören. Mit zittriger Hand griff sie nach dem Brief: Absender und Empfänger fehlten. Noch vor der Tür öffnete sie langsam und bedächtig den Umschlag. Eine Postkarte mit buntem Tulpenmotiv kam zum Vorschein. Auf der Rückseite der Postkarte stand in sehr schöner Schrift mit Tinte geschrieben: „Liebe Nachbarin, ich würde mich Ihnen gerne vorstellen." Melanie holte tief Luft und las den Satz nochmals und nochmals.

Was sollte sie machen? Sie beschloss, zuerst einmal eine Tasse Tee zu trinken. Sie ging in die Hütte und setzte Wasser auf. Die Gedanken schossen ihr wild durch den Kopf. Warum Nachbarin? Hatte jemand in der Nähe noch eine

Hütte gebaut? Das konnte gar nicht sein! Das wäre ihr doch sicherlich aufgefallen! War ihr Ehemann hinter ihr Geheimnis gekommen und wollte sie auf diese Weise überraschen? Fragen über Fragen, doch Antworten fand sie keine. Auch der Tee konnte sie weder beruhigen noch ihr einen Weg aus der Misere zeigen.

Nach fünf Stunden intensiven Nachdenkens nahm sie ein Blatt Papier und schrieb: „Lieber Nachbar, Sie können mich gern nächste Woche Freitag um 16 Uhr besuchen, doch unter einer Bedingung: Sie stellen keine Fragen. Falls Sie meine Bedingung akzeptieren, freue ich mich, Sie kennenzulernen." Sie steckte das Blatt Papier in einen weißen, quadratischen Umschlag und befestigte ihn beim Hinausgehen unter dem Türklopfer.

Die nächsten Tage und Nächte rauschten an Melanie vorbei. Sie nahm fast nichts von ihrer Umgebung wahr. Sie wusste nicht einmal, warum sie so aufgeregt war. Eine neue Bekanntschaft oder gar eine Affäre wollte sie auf gar keinen Fall. Sie war, das sagte sie sich immer wieder, eine sehr glückliche Frau. Doch warum dann diese Neugierde? „Vielleicht möchte ich einfach nur wissen, wie ein Mann gestrickt ist, den man mitten im Wald kennenlernt." Mit dieser Antwort konnte sie sich ein wenig beruhigen.

Am Freitag um Punkt 16 Uhr klopfte es an der Tür. Melanie ging langsamen Schrittes auf die Tür zu und machte sie auf. „Ich bin doch hoffentlich nicht zu früh?", sagte die tiefe Stimme ihres Mannes. Reflexartig schlug ihm Melanie die Tür vor der Nase zu. Was tun? Sie holte tief Luft, bevor sie enttäuscht die Klinke wieder in die Hand nahm.

Die Hütte

Tanja Metternich

Immer wieder zupften die beiden größeren Jungs fröhlich an den geflochtenen Zöpfen ihrer kleinen Schwester Lucy. Sie entwickelte sich schnell zu einer kleinen Zicke. Lucys Augen sprühten vor Zorn. Ihren Brüdern gefiel es, sie so zu sehen. Sie liebten ihre kleine Schwester sehr. Vor allen Dingen ihre typischen Gesichtszüge, aber auch ihre unterschiedlichen Stimmlagen, je nach Gemütszustand. Jetzt war sie wütend, zog ihre großen blauen Augen zu Schlitzen, und schimpfte: „Hört auf damit!"
Greg, der Größere der beiden, zupfte erneut an ihren Haaren und lachte: „Warum sollte ich?"

Tobi grinste ebenfalls, schnitzte jedoch während des Gehens weiter an einem Stock, den er gefunden hatte. Lucy fand das alles andere als komisch. Sie mochte es gar nicht, wenn die beiden sie ärgerten.

„Hört endlich auf!", schrie sie beinahe. Ihre Stimme zitterte leicht und ihre Augen wurden nass.

„Lass sie in Ruhe, Greg!" Es war meistens der 12-jährige Tobi, der sich letztendlich für sie einsetzte. „Sie heult sonst gleich los, und da habe ich echt keinen Bock drauf."

Greg versuchte es wieder, streckte den Arm aus, doch noch ehe er sie erreichte, schrie Lucy verzweifelt auf und wich zur Seite aus.

„Oh Mann, Greg, lass es!" Genervt piekste Tobi ihn mit seinem Stock in den Po.

Greg quiekte vor Schreck wie ein Schwein und machte einen Satz nach vorn. Entrüstet über diese Attacke drehte er sich zu seinem zwei Jahre jüngeren Bruder um: „Spinnst du?"

Er rieb sich mit seiner linken Hand die Pobacke.

Lucy gefiel die neue Rollenverteilung, sie lachte trotz unterdrückter Tränen laut auf. Mit einem Seitenblick auf seine Schwester setzte Tobi zu

130

einem erneuten Piks-Versuch an. Er wollte sie zum Lachen bringen. Diesmal war es sein Bruder, der das Ganze gar nicht lustig fand. Dieser hielt sich nun beide Pobacken, um sie zu schützen, und lief rückwärts.

Dabei kam er seitlich vom Weg ab und übersah einen dicken Ast, über den er rücklings stolperte. Er landete unsanft auf seinem Hintern. Lucy konnte nicht mehr vor Lachen. Hell und klar schallte es durch den Wald, sodass aufgeschreckt in der Nähe ein Vogel aufflog. Sie bekam einen regelrechten Lachanfall und von der ganzen Aufregung noch einen Schluckauf dazu. Darüber mussten nun alle gemeinsam lachen. Greg rappelte sich wieder auf.

„Lasst uns endlich weitergehen", meckerte er gespielt verärgert.

Kurze Zeit darauf erreichten sie das Flussufer. Sogleich zogen sich die beiden Jungs Schuhe und Socken aus und wateten vorsichtig über die rutschigen Kieselsteine ins Wasser. Es floss angenehm kühl um ihre nackten Füße. Den zugespitzten Stock hielt Tobi wie einen Speer in der Hand, bereit, einen Fisch zu fangen.

Lucy spazierte weiter zur gebogenen hölzernen Brücke, setzte sich und ließ die Beine über den Rand baumeln. Die Sohlen ihrer Turnschuhe hingen nur knapp über der Wasseroberfläche. Mit den Unterarmen stützte sie sich auf dem unteren Teil des Geländers ab, legte ihr Kinn auf ihre Hände und schaute verträumt ins Wasser.

Der Fluss war nur flach, seicht plätscherte er über die Steine. Ein kleiner Fischschwarm schwamm vorbei, und eine große Libelle schwirrte nur knapp unter Lucys Nase hinweg. „Huch", erschrak sie. Sie verfolgte den Flug des schönen, schillernden Tieres.

Es flog in Richtung des Waldes auf der anderen Seite der Brücke. Sie verlor den Blick für die Libelle und starrte auf die Bäume. Sie mochte diesen Wald nicht. Ihre Brüder hatten ihr erzählt, dass dort Kobolde lebten und nachts Geister herumschwebten. Sie stellte sich vor, wie im Dunkeln leuchtende, gemein lachende Geister zwischen den Bäumen herumflogen. Das machte Lucy Angst. Sie wollte lieber zu ihren Brüdern zurückkehren, allerdings fiel ihr Blick auf etwas anderes. Etwas kleines, schwarz-weißes, das sich vor den Bäumen bewegte. Sie verengte die Augen. Da, gleich bei den Bäumen auf der anderen Seite der Brücke, bewegte sich das Gras. Was war das? Langsam stand sie auf. Plötzlich teilten sich die langen Grashalme, und ein kleines Kaninchen hoppelte hervor.

Es schnüffelte herum, fand ein Gänseblümchen und mümmelte es genüsslich auf. Lucy hielt die Luft an. Ein Kaninchen! Sahen die nicht normalerweise alle grau aus? Die wilden natürlich nur. Das musste ein ausgesetztes oder entlaufenes sein. Ihr Erstaunen schwang um in Begeisterung. Sie wünschte sich doch schon so lange ein kleines Kaninchen, und da hoppelte eines vor ihr herum! Vorsichtig ging sie zwei Schritte darauf zu.

Es schaute auf und sah dabei so niedlich aus. Sie musste es einfach haben. Es konnte doch unmöglich hierbleiben, das war doch kein wildes Kaninchen. Was, wenn ein Fuchs kam? Das Kleine konnte doch gar nicht wissen, dass es gefressen werden könnte. Mit dem nächsten Schritt verließ Lucy die Brücke.

Das Kaninchen klopfte mit den Hinterläufen und verschwand zwischen den Bäumen. Lucy erstarrte in der Bewegung. Sie wollte es auf keinen Fall erschrecken und somit verscheuchen. Sie ging in die Knie und flüsterte lockend: „Hallo, kleines Kaninchen, ich tu dir doch nichts!" Als ob es verstanden hätte, lugte das Tier hinter dem Baum hervor und bewegte sein Näschen.

Auf Lucys Gesicht breitete sich ein seliges Lächeln aus, nochmals versuchte sie es zu locken. Sie zupfte ein Gänseblümchen und hielt es vor das Tier: „Na komm, komm zu mir!" Das Kaninchen kam bis auf wenige Zentimeter herangehoppelt. Lucy bekam große Augen. Aufgeregt streckte sie die andere Hand ebenfalls aus und ging, noch immer in der Hocke, einen weiteren Schritt darauf zu. Da machte das Kaninchen kehrt und versteckte sich hinter einem Baum.

Mist, das hatte Lucy nicht gewollt. Sie stand auf und ging gebeugt, immer noch das Blümchen in der Hand, hinter dem Häschen her. Das Kleine sprang immer tiefer in den Wald hinein, Lucy folgte. Als sie dachte, nah genug herangekommen zu sein, neigte sie sich tiefer hinab und lockte mit dem Gänseblümchen: „Na komm schon, ich tu dir wirklich nichts. Hab keine Angst." Das Kaninchen sah Lucy mit seinen

Knopfaugen an, als würde es überlegen. Lucy blieb, wo sie war.

Da knackte es rechts von ihr zwischen den Bäumen, eine nach Futter suchende Amsel war auf einem niedrigen Ast gelandet. Wie der Wind verschwand das Kaninchen noch tiefer im Wald. Enttäuscht richtete sich das Mädchen auf. Doch, da! Da war es ja! Sie entdeckte das schwarz-weiße Fell nur wenige Meter weiter.

Erst in diesem Moment nahm Lucy die kleine alte Hütte richtig wahr. Auf dem Holz wuchsen an verschiedenen Stellen dunkelgrüne und gelbe Moosflechten. Aus dem Dach ragte ein schmaler steinerner Kamin. Gleich hinter der Hütte ragte eine hohe Felswand empor. Lucy musste den Kopf in den Nacken legen, um das obere Ende zu erkennen. So drehte sie sich langsam um die eigene Achse, sah die Wipfel der riesigen Bäume, durch die leise der Wind streifte. Sie kreiste weiter, blickte um sich und erkannte, dass sie, ohne es zu merken, den für sie unheimlichen Wald durchquert hatte. Sie sog die Luft ein. Der unheimliche Wald! Lucy drehte sich wieder zur Hütte und betrachtete nachdenklich die nur angelehnte Tür. Irgendetwas

rappelte dahinter. Dann wieder Stille. Sie machte einen Schritt vorwärts: „Kleines Kaninchen, bist du das? Bist du da drin? Ist dir was passiert?"
Ein erneutes leises Klappern. Etwas fiel um. Lucy machte sich Sorgen, dem Kleinen konnte wer weiß was in der alten Hütte passieren. Mit einer Hand stieß sie vorsichtig gegen die Tür, knarrend schwang sie nach innen. Sie zögerte und rief nochmal leise in die Dunkelheit: „Kaninchen? Bist du da?" Vorsichtig setzte sie einen Fuß in die Hütte. Es war gar nicht so dunkel wie sie zunächst vermutet hatte.
Durch das kleine Fenster und die vielen Ritzen zwischen den Holzbalken fiel einiges Licht in die Hütte. Staub glitzerte in den Strahlen. Sie erkannte ein kaputtes Bett in der hinteren Ecke und eine Feuerstelle, an der ein schwarzer Kessel hing. Genau wie in dem Märchenbuch, aus dem sie so gern vorgelesen bekam, ein Schrank an der Wand, ein Tisch mit zwei Stühlen in der Mitte des Raumes. Auf dem Tisch stand in einem über und über mit Wachs bedeckten Halter eine zur Hälfte abgebrannte

Kerze. Überall waren Spinnweben, alles war mit einer dicken Staubschicht bedeckt.

Da war wieder dieses leise Geräusch, es kam aus der Ecke des Betts. Ob das Kaninchen sich darunter versteckt hatte? Lucy trat weiter in den Raum hinein.

Plötzlich spürte sie hinter sich eine Bewegung, die Tür fiel zu und mit einem Klick ins Schloss. Dann war es still. Unheimlich still. Das raschelnde Geräusch war vergessen. Sie drehte sich zur Tür, ging hin, bewegte die Klinke und zog. Nichts tat sich. Ihr Herz begann schneller zu klopfen. Sie drückte heftiger auf die Klinke und zog und drückte.

Aber die Tür blieb verschlossen. Ein Kloß wuchs in ihrem Hals. Und auf einmal wieder dieses Geräusch hinter ihr. Zusammenzuckend drehte sie sich blitzschnell um. Unter dem Bett bewegte sich etwas. Das kleine Kaninchen zeigte sein Näschen. Erleichtert atmete Lucy aus. Bedacht ging sie darauf zu: „Lauf nicht wieder weg, ich tu dir doch nichts!" Sie sprach sehr leise. Sie ging auf ihre Knie und krabbelte ganz vorsichtig auf allen Vieren über den staubigen Holzboden. Dabei konnte sie unter das Bettgestell sehen.

Hinter dem Kaninchen war es dunkel. Doch was war das? Neben dem Tier bewegte sich ein Teil der Dunkelheit nach vorn, wie auslaufende Cola breitete sie sich aus. Lucy verstand das nicht, war das der Schatten des Kaninchens?

Aber der Schatten veränderte sich weiter. Ehe sie sich weitere Gedanken machen konnte, streifte unvermittelt ein eisiger Luftzug ihren Nacken. Erschrocken richtete sich Lucy halb auf und sah zum Fenster.

Es war geschlossen. Es hatte sich angefühlt, als hätte eine kalte Hand sie gestreichelt. Ängstlich blickte sie sich um. Das konnte doch gar nicht sein! Es war doch so warm heute. Sofort kamen die Gedanken an die leuchtenden Gespenster in ihr auf.

„TOBI!" schrie sie, „TOBI!"

Die beiden Brüder schreckten gleichzeitig auf. Sie waren so beschäftigt, mit ihren selbstgeschnitzten Speeren Fische zu fangen, dass sie gar nicht mehr auf ihre kleine Schwester geachtet hatten. Sie blickten hinüber zum Wald.

„Hast du das auch gehört?", fragte Greg angestrengt lauschend seinen Bruder.

„Ja", besorgt blickte Tobi sich um: „War das Lucy?"

„Ich glaub schon – LUCY!", brüllte Greg.

Sie rannten zur Brücke. Sie wussten, dass sie sich gern hierhersetzte.

„Das kam aus dem Wald, nicht wahr?" Greg sah Tobi an.

„Lucy!", riefen beide noch einmal, so laut sie konnten. Sie gingen nach Hinweisen suchend über die Brücke, entdeckten den Pfad und betraten den Wald. Wo konnte sie sein? War sie auf diesem Weg geblieben? Warum war sie überhaupt hierhergegangen? Sie fürchtete sich doch vor dem Wald. War sie wirklich hier?

Immer wieder ihren Namen rufend, machten sie sich auf den Weg.

Nach einer Weile erreichten sie eine hohe Felswand. Etwas abseits von den anderen Bäumen stand genau an dieser Wand, so, als wäre sie daraus erwachsen, eine große, alte Eiche. Auf deren Stamm wuchsen dunkelgrüne und gelbe Moosflechten. Er war so breit, dass beide Jungs den Baum hätten umarmen und doch nicht einmal zur Hälfte umfassen können.

„Tobi!", hörten sie auf einmal leise und wie aus dem Nichts die verängstigte Stimme ihrer Schwester.

„Lucy, wo bist du?", schrie Tobi zurück. „Wo kam das her, verflucht?"

„Greg!" Das klang schon mehr als verzweifelt! Die Brüder versuchten die Eiche zu umrunden. Hier kam doch die Stimme her. Sie musste irgendwo sein. Dann hörten sie ihre Schwester laut aufschreien.

„Verdammt, Lucy, wo bist du?" Gregs Stimme überschlug sich beinahe vor Angst und Sorge. Er suchte nach einer Lücke im Stamm, nach einem Spalt in der Felswand, aber da war einfach nichts. Wo konnte sie bloß sein?

Es war zu viel für sie. Sie wollte überhaupt nicht wissen, was sie da berührt hatte. Mit beiden Händen, die Finger ineinander verschränkt, versuchte sie ihren Nacken zu schützen, machte sich ganz klein, zog die Knie unter sich an und drückte ihre Nase dagegen, die Stirn auf den Boden. Diesmal strich das eiskalte Etwas über ihre Schultern und von der anderen Seite zurück. Lucy schrie auf. Sie hatte so furchtbare Angst.

„GEH WEG!!!", heulte sie auf.

Sie wollte bei ihren Brüdern sein, wollte, dass das, was auch immer da war, verschwand.

„Tobi", schluchzte sie. Diesmal strich irgendetwas Eisiges über ihr Haar, verharrte dort einen Moment.

„Greg!", jammerte sie. Das Eis entfernte sich von ihrem Kopf. Ihr kleiner Körper zitterte.

Etwas pustete ihr leicht ins Ohr.

Als würde der Wind Stimmen mit sich tragen: „Es tut mir leid, kleines Mädchen. Ich wollte dich kennenlernen. Nimm das kleine Kaninchen und geh hinaus." Noch ehe sie richtig begreifen konnte, was sie da gehört hatte, und ob es tatsächlich passiert war, verschwand mit einem Mal die Kälte. Dafür spürte sie etwas Warmes, Weiches an ihrem nackten Ellbogen. Einen Moment lang traute sie sich nicht, sich zu bewegen, hielt weiterhin die Hände hinter ihrem Nacken verschränkt. Sie schniefte, zog die Nase hoch.

Vorsichtig wagte sie, den Kopf zur Seite zu drehen. Es war das kleine Kaninchen, das sich nah an sie herangekuschelt hatte.

Ob sich das Kleine auch gefürchtet hatte, fragte sich Lucy.

Sie bewegte sich vorsichtig, richtete sich langsam auf, doch das Kaninchen lief nicht weg. Zaghaft entzog sie den Ellbogen dem weichen Fell und streichelte mit zitternder Hand darüber.

„Hast du dich auch so schlimm gefürchtet?" Selbst ihre Stimme zitterte. Plötzlich sprang das Kleine auf ihre Knie. Was für eine Überraschung! Lucy lächelte, nahm es behutsam auf den Arm und richtete sich ganz auf. Eingeschüchtert sah sie sich um. Da war nichts. Nur der Raum mit seinen staubigen Möbeln und der Tisch mit der brennenden Kerze darauf. Lucy runzelte ihre Stirn. Mit dem Kaninchen auf dem Arm sah sie nichts Bedrohliches in dieser Flamme. Neugierig trat sie einen Schritt auf den Tisch zu. Und als würde jemand mit einem Stift zeichnen, erschienen auf der Tischplatte im dicken Staub nacheinander ein Herz und ein Schlüssel. In diesem Moment schwang die Tür weit auf. Sofort kam mit dem Licht Wärme herein. Benommen trat sie hinaus, auf den Wald zu.

Zunächst war sie geblendet vom hellen Schein der Sonne und musste blinzeln, bis sie ihre Umgebung wieder richtig wahrnehmen konnte. Ein leichter Wind wehte, Vögel zwitscherten in den Bäumen, und so viele Blumen wuchsen am Waldrand! Waren die vorher auch schon da gewesen, fragte sie sich. Auf einmal vernahm sie aufgeregte Stimmen hinter sich und drehte sich zu ihnen um. Sie entdeckte ihre Brüder vor einem riesigen Baum. Wo war die Hütte? Da waren ihre Brüder! Sie konnte gar nichts tun, nicht einmal rufen oder zu ihnen gehen. Sie begann einfach zu weinen. In diesem Augenblick entdeckten Tobi und Greg ihre kleine Schwester.

„Lucy!", riefen beide fassungslos und erleichtert zugleich. Sie stürzten sich auf sie und umarmten sie fest.

Da kam Lucy das kleine Kaninchen in den Sinn: „Vorsicht!", rief sie, „Ihr tut meinem kleinen Freund ja weh!" Lachend drehte sie sich zur Seite, um das Kaninchen zu schützen.

„Was hast du denn da gefunden? Und wo hast du es her?"

„Na, das wurde mir geschenkt."

„Geschenkt? Wie geschenkt? Von wem?"

„Na, von dem, der in der Hütte wohnt", Lucy sah ihre Brüder mit ihren großen Augen an. „Was für eine Hütte?" Die Brüder tauschten kurz einen Blick. Aha, da zeigte sich die Fantasiewelt ihrer kleinen Schwester. Es würde nun eine ihrer Geschichten kommen. Und während sie sich auf den Rückweg machten, erzählte Lucy von ihrem Weg durch den Wald, der Entdeckung der Hütte, des Kobolds unter dem Bett und dem traurigen Gespenst, das Freunde suchte.

Der Ball

Ratbil Ahang

Seine Freunde hatten ihn noch nie so aufgeregt erlebt. Irgendetwas stimmte mit ihm nicht: Er war abgelenkt, schnell reizbar, gar nicht bei der Sache - nicht einmal dann, wenn das Thema Fußball diskutiert wurde. Dabei liebte Tobias Fußball über alles. Seit seinem sechsten Lebensjahr spielte er für den FC Witterschlick. Jeder seiner Geburtstage wurde in den letzten Jahren in einer Fußball-Indoor-Anlage gefeiert. Er kannte nicht die Namen aller seiner Klassenkameraden, aber über die Spieler von Borussia Mönchengladbach oder Barcelona wusste er alles. Selten sah man ihn ohne seinen geliebten schwarz-weißen Fußball. Mit einem ähnlichen Ball war Pele, der Gott des Fußballs, wie er sagte, Weltmeister geworden.

Was war also passiert? War er krank? Nein, körperlich war er topfit. War er vielleicht verliebt? Diese Frage war so absurd, dass seine Freunde keine Sekunde darüber nachdenken wollten. Verliebt sein war etwas „für Mädchen", nicht für Männer. Für Männer, die in der Lage waren, mit bloßen Händen gegen die ganze Welt zu kämpfen. Über Gefühle sprachen nur Mädchen und Schwule. Tobias und seine Freunde wussten das schon seit Grundschulzeiten. Deshalb konnte er ihnen auch nicht erzählen, was mit ihm los war.

Dabei hatte Tobias ganz große Sorgen. Er hatte vor einigen Tagen eine Einladung bekommen. Zu einem Geburtstag. Von einem Mädchen. Von einem richtig schönen Mädchen. Sie war ihm schon öfter aufgefallen, doch sie hatten bislang kaum miteinander gesprochen. Sie gehörte zur „Schickimicki-Truppe" der Schule, die von den „Coolen" verachtet wurde. Daher war er umso überraschter, als sie ihm eine Einladungskarte gab. Gott sei Dank waren sie allein auf dem Schulhof, dachte Tobias. Er wusste nicht, was er sagen sollte. Vor lauter Verlegenheit fragte er: „Und was wünschst du dir zu deinem 17. Geburtstag?" Sie antwortete ohne Zögern, dass sie sich einen Fußball wünsche. Dann gestand sie ihm, dass sie Fußball über alles lieben und kein gutes Spiel verpassen würde.

Seit dieser Begegnung war die Welt für Tobias nicht mehr die alte. Er konnte sich ja nicht einmal in seinen Träumen vorstellen, dass es Mädchen gab, die sich zum Geburtstag einen Fußball wünschten. Er konnte nur noch an sie denken. An ...? Wie hieß sie nochmal? Michaela. Alle nannten sie Micha. „Micha" klang wie Michael Ballack – einer seiner Lieblingsspieler. Konnte das alles nur Zufall sein? Nein, niemals, dachte er. Die Fußballgötter hatten seine Gebete erhört und ihm endlich die richtige Partnerin zur Seite gestellt.

Er malte sich aus, dass sie bald zusammen Fußball spielen würden. Er würde ihr viele Tricks beibringen und sich ab und an von ihr foulen lassen. Manchmal auch mit Absicht gegen sie verlieren. Er genoss es schon jetzt, ihr beim Jubeln zuzuschauen.

Der Ball, den er für sie gekauft hatte, war natürlich schwarz-weiß. Zuhause packte er ihn in Zeitungspapier, in den Sportteil, versteht sich, und steckte ihn in eine neutrale Plastiktüte. Seinen Freunden sagte er nichts, antwortete auf keinen ihrer Anrufe, setzte sich in den Bus und machte sich auf den Weg zu seiner Fußballgöttin.

Eine Station noch, und er würde sie endlich in seinen Armen halten! Der Bus stoppte, zwei Mädchen stiegen ein. Beide chick gekleidet. Das eine Mädchen hatte ein relativ kurzes grünes, das andere ein rostrotes Kleid an. Beide trugen High Heels und nahmen genau auf den Sitzen vor ihm Platz. Ein schwerer süßlicher Duft stieg Tobias in die Nase. Das Parfüm ihrer Mütter, vermutete er.

Er konnte nicht anders als ihr Gespräch mitzuhören „Es wird ein Riesenspaß", sagte das Mädchen mit dem grünen Kleid. Ihre Stimme verriet Aufregung und Freude. „Oh ja", sagte das andere, „der Idiot denkt wirklich, dass sie sich einen Fußball gewünscht hat." „Wie dämlich muss man sein?" Ihr Gelächter füllte den ganzen Bus, der soeben zum Stehen gekommen war. Tobias musste aussteigen. Die Mädchen waren vor ihm ausgestiegen, doch er sah sie nicht mehr. Der Bus fuhr weiter, Tobias aber blieb an der Bushaltestelle stehen. Er hatte das Gefühl, dass jemand seinen Magen in die Hände genommen hatte und ihn durchknetete. Sein Herz tat ihm plötzlich weh. Hatte er einen Herzinfarkt? Egal.

Was sollte er jetzt tun? Gar nicht hingehen? Hingehen und Rache nehmen, sie richtig „zur Sau" machen?

Langsam gewann er wieder die Orientierung, schaute sich um und ging weiter. Nach wenigen Schritten stand er vor einem braunen Gartentörchen. Der Weg dahinter führte in einen großen Vorgarten und zu einem noch viel größeren weißen Haus mit grünen Fensterläden. An der Eingangstür waren einige bunte Luftballons befestigt, die vom lauen Sommerwind hin und her geschaukelt wurden. „Ding Dong". Er hatte eigentlich mit einem ganz anderen Klingelton gerechnet. Michaela machte selbst die

Tür auf. Sie sah in ihrem hellgrünen Kleid „oberscharf" aus.

„Hallo Tobias", sagte sie voller Freude, „du bist tatsächlich gekommen." Michaela öffnete ihre Arme. Tobias trat rasch einen Schritt zurück und gab ihr ein Zeichen stehen zu bleiben. „Also", sagte er, „ich will eure Langweiler-Party nicht stören. Muss nur was loswerden." Michaela blieb der Mund offen stehen. „Was ist los mit dir?", stammelte sie. Tobias warf ihr die Tüte mit dem Ball zu Füßen und sagte mit viel Abscheu in der Stimme: „Hier dein Geschenk. Du kannst es dir sonst wohin stecken!" Eigentlich wollte er ihr noch den Mittelfinger zeigen, doch er unterließ es. Dann drehte er sich um und ging breitbeinig zurück zur Straße. Ein wenig kam er sich vor wie Rambo.

Der nächste Bus würde erst in 30 Minuten kommen. Verdammt, dachte er. Einfach stehenbleiben konnte er nicht. Also beschloss er, einen Teil der Strecke zu Fuß zu gehen und darüber nachzudenken, warum er so ein Idiot war. Zwei Straßen weiter kam er an einem Haus vorbei, aus dem laute Party-Musik erklang. Einige Jungs standen draußen und rauchten Zigaretten. Als er ganz dicht an ihnen vorbeiging, blieb ihm fast das Herz stehen. Ein schwerer süßlicher Duft stieg ihm in die Nase. Gemeinsam mit den Jungen standen dort zwei Mädchen. Das eine hatte ein relativ kurzes grünes, das andere ein rostrotes Kleid an.

Der Ball

Tanja Metternich

Lautes Reifenquietschen und eindringliches Hupen ließen sie zusammenfahren. Das vollgeladene Tablett noch in der Hand wandte sie sich dem Fenster zu. Dabei kippte eines der Gläser um. Sie erspähte einen dunkelblauen Porsche auf der gegenüberliegenden Straßenseite. Die Kinder! Wo waren die Kinder? Ihr Herz schlug schneller. Sie konnte sie nicht entdecken.
Eine wütende Männerstimme donnerte über die Straße. Ein hellbrauner Haarschopf erschien vor dem Wagen. Oh Gott, die Kinder! Ohne darauf zu achten, dass noch zwei weitere Gläser

umfielen, stellte sie das Tablett ruckartig zurück auf den Tisch.

Auf der Straße hörte sie eine Autotür ins Schloss fallen. Hals über Kopf eilte sie durch den Flur nach draußen. Hoffentlich war niemand verletzt. Im Geiste sah sie ihren Jüngsten blutend auf dem Bordstein liegen. „Bitte lass nichts passiert sein", flehte sie in Gedanken. Der Weg aus dem Haus erschien ihr endlos. Sie rannte die Stufen hinunter und an die Straße. Erst gestern hatten sie diesen mobilen Basketballkorb besorgt als Belohnung für ihre Zeugnisse. Von Anfang an hatte sie Bedenken wegen der Straße gehabt. Aber man sollte den Kindern doch Vertrauen entgegenbringen.

Da standen sie aufgereiht an der Bordsteinkante. Alle fünf. Ihre eigenen zwei und deren Freunde. Erleichtert atmete die Mutter aus. Die Kinder versuchten nicht in die Richtung der wütenden Stimme zu schauen. Sie erreichte die kleine Gruppe genau in dem Moment, als der Mann seinen Satz fluchend beendete: „ … und könnt ihr nicht besser aufpassen, ihr verdammten Gören?" Hier unten in der prallen Sonne war es schon deutlich wärmer. Mit einer Hand

153

musste sie ihre Augen beschatten, um sich die Szene genauer betrachten zu können: Kein Kind verletzt. Das war erst mal das Wichtigste. Nachdem sie den ersten Schreck überstanden hatte, drangen die Wörter zu ihr durch. Um der Situation Herr zu werden, schaute sie sich weiter um. Das Basketballding befand sich am Straßenrand. Das Auto schien unbeschädigt. Der wütende Kerl stand breitbeinig, die eine Hand in die Seite gestemmt, mit der anderen wild gestikulierend, vor den verschreckten Kindern. Er trug ein weißes kurzärmeliges Hemd, eine schwarze schmale Krawatte, schwarze Jeans und hochglanzpolierte Schuhe. Was wollte dieser Typ überhaupt? Offensichtlich war doch nichts weiter geschehen. Ärger stieg in ihr auf.

Schon wieder so ein Penner, der hier in der 30er-Zone zu schnell fuhr und auch noch ihre Kinder beschimpfte! Idiot von Porschefahrer! Die meinen allen Ernstes, sie seien im Recht und ihnen gehöre die Straße. Erst vor wenigen Wochen war Nachbars Katze überfahren worden und kein halbes Jahr zuvor ihre eigene. Hörte das denn nie auf?

Sie zwang sich ruhig zu atmen, was alles andere als einfach war und blickte ihn herausfordernd an. Bisher hatte er sie nicht einmal bemerkt. Die Fünf sahen sehr geknickt aus und schauten ihn mit großen, zum Teil feuchten Augen an. Der Mutterinstinkt kam in ihr hoch, gesellte sich zu ihrem Ärger. Sie versuchte, sich zu beherrschen und fauchte ihm entgegen: „Was gibt es denn für ein Problem?" Als der Fahrer sie wahrnahm, trat er auf sie zu und baute sich vor ihr auf. Er war mindestens anderthalb Kopf größer als sie und beugte sich gefährlich nah zu ihr herunter, die Augenbrauen wütend zusammengezogen.

Sie verschränkte die Arme vor ihrer Brust und musste den Kopf in den Nacken legen, um ihn direkt ansehen zu können. In blaue Augen, die sie zornentbrannt anfunkelten. Wenn Blicke töten könnten, wäre sie in genau diesem Augenblick tot umgefallen. Sie warf ihm unvermittelt genau denselben Blick zurück. „Wie können Sie es wagen, so mit meinen Kindern zu reden?" Sie wurde nicht sonderlich laut, doch ihre Stimme war voller Verachtung. Ihr Herz hämmerte bis zum Hals. Eigentlich hatte sie nicht sonderlich viel Übung mit solchen öffentlichen Auseinandersetzungen, aber in diesem Moment kam er ihr genau recht. Sie konnte ihn wunderbar als Ventil für ihren Schrecken und all den anderen Ärger der vergangenen Tage benutzen. Sie begann innerlich zu kochen. Ein kurzer Blick auf die Kinder genügte, um sich noch weiter hineinzusteigern. Ihrem Jüngsten liefen bereits die Tränen über die Wangen.

„Können Sie Ihre Gören nicht in Schach halten?", donnerte er.

Ein winziges Stück bewegte sie sich weiter vor: „Gören nennen Sie meine Kinder?" Er schnaufte angewidert durch die Nase: „Das hier ist eine Straße. Sehen Sie sich mal an, was die Rotzlöffel angerichtet haben." Mit ausgestrecktem Arm zeigte er auf die andere Straßenseite. Sie blitzte ihn an, trat keinen Zentimeter zurück, löste den Blick nur unwillig von seinem zornigen Gesicht und blickte abfällig zu seinem Wagen hinüber. Sie erkannte nicht, was er ihr deutlich machen wollte. Es interessierte sie auch nicht sonderlich. Sie begann, ihm mit zwei Fingern provozierend auf die Brust zu tippen und kam ihm so erneut ein Stück näher.

Betonte jedes einzelne Wort: „Sehr richtig, Sie Mistkerl, das hier ist eine Straße! Ist Ihnen eigentlich bewusst, dass hier eine verkehrsberuhigte Zone ist? Wissen Sie überhaupt, was das bedeutet? Und wagen Sie es nie wieder, meine Kinder anzuschreien! Waren Sie am Handy? Haben Sie sich erschreckt, als Sie die Kinder an der Straße gesehen haben? Huch, hier leben ja Menschen?", äffte sie. Sie bohrte ihre Finger regelrecht in seinen Brustkorb rein. Sie hatte Lust, ihren ganzen Ärger an ihm auszulassen. Sie roch sein Aftershave, so nah waren sie sich. Roch den Kaffee, den er getrunken hatte.

Er wich nicht zurück, blickte verächtlich auf ihre Finger hinunter. „Hören Sie sofort damit auf!" Seine Stimme klang gepresst. Sie bohrte provokativ weiter. Ließ die Fingerkuppen, wo sie waren. „Nein! Wozu?" Er hielt beide Arme rechts und links von seinem Körper, die Hände zu Fäusten geballt. Sein Brustkorb hob und senkte sich unter dem Druck ihrer Finger.

Er kannte diese Frau nicht. Er hatte sie noch nie zuvor gesehen. Wohnte sie schon immer hier?

20 und 4 Geschichten

Was wollte diese Schnepfe überhaupt von ihm?
Noch nie hatte er eine Frau geschlagen, aber
diese hier würde er am liebsten packen und
schütteln. Er sah aufgebracht in ihre dunkelblauen Augen. Sie war mehr als einen Kopf kleiner als er und trotzdem zeigte sie keinerlei
Angst vor ihm. Das war er nicht gewohnt.
Sie trug ein hellblaues, geblümtes Trägerkleid
und keine Schuhe. Ihre braunen Haare sahen
aus, als könnten sie mal wieder eine Bürste ge-
brauchen. Eine dämliche Öko-Kuh wahrscheinlich! Er verspürte das große Bedürfnis, sie von
sich wegzuschubsen. Er konnte sich nur schwer
beherrschen. Schließlich packte er grob ihr
Handgelenk, damit endlich dieser Druck auf seiner Brust verschwand.
Er hatte sich soweit hinuntergebeugt, dass sich
ihre Nasenspitzen fast berührten. Sie schnaub-
ten sich gegenseitig ihren Zorn ins Gesicht. Er
nahm den Duft von Erdbeermarmelade war.
Selbst jetzt, als er ihr Handgelenk gepackt hatte,
wich sie keinen Zentimeter zurück, nicht der
Hauch von Furcht in ihren Augen. Im Gegenteil,
sie verengten sich nur noch weiter. Er sagte
nichts mehr, zog sie rücksichtslos mit sich auf

die Straße vor seinen Wagen. Sein Griff war fest. Mit einem letzten Ruck zerrte er sie vor die Stoßstange, damit er ihr zeigen konnte, was die Kinder angerichtet hatten.

Er war tatsächlich mit seinem Handy beschäftigt gewesen, als er hier entlangfuhr. Wollte nur schnell eine Whatsapp schreiben, um seinem Chef mitzuteilen, dass er eine halbe Stunde später kam. Verflucht! Dabei hatte er gerade heute dieses wichtige Meeting. Wenn er nicht kam, bestand die Gefahr, dass sein verblödeter Kollege die ganzen Lorbeeren erntete.

Aber er hatte verschlafen. Hatte kein gebügeltes Hemd mehr im Schrank, seit seine – nun – Ex ihn wegen eines anderen verlassen hatte. Er hatte heute Morgen schon bügeln müssen, dabei hasste er das! Jetzt kam er noch später. Was für ein beschissener Tag! Der Ball kam wie aus dem Nichts, flog mit ordentlicher Wucht vor seinen Wagen.

Er ließ ihr Handgelenk nicht los, um sicherzugehen, dass sie sich ansah, was er ihr zeigen wollte. Der Ball war unter die Stoßstange geraten und hatte sich dort verkeilt. Auf dem Lack waren Abdrücke zu sehen. Spuren einer Delle.

„Schauen Sie sich diesen Scheiß mal an! Der Wagen ist neu. Frisch vom Band. Neuer geht nicht. Und jetzt das hier! Und Sie verteidigen Ihre Kinder auch noch?"

Er stand unter enormen Zeitdruck und was tat sie …?! Sie schaute sich den Wagen genau an, ging leicht in die Knie, berührte mit der freien Hand vorsichtig die Stelle und betrachtete den Ball, der eingequetscht unter dem Wagen steckte. Und das mit einer Ruhe, die ihn rasend machte. Schließlich richtete sie sich auf, blickte zu ihren Kindern hinüber und zu ihm zurück.

„Lassen Sie mich sofort los!" Doch irgendwas anderes hatte sich in ihren Blick geschlichen. Er konnte es nicht deuten. Sie blickte ihn nun weniger gereizt als vielmehr irritiert ins Gesicht. Ihre Wut verstrich. Das ging doch nicht!

Sie sollte weiterhin wütend sein, um sich Respekt zu verschaffen. Die Sonne schien ihm in den Nacken, so dass es aussah, als würden seine Haare in Flammen stehen. Ob er sie sich heute schon gekämmt hatte? Sie griff sich in ihre eigenen Haare und blickte zu ihren Kindern. Irgendwas musste sie sich einfallen lassen, um nicht die Kontrolle zu verlieren. Sie schaute den

Wagen und den Flammenkopf wieder an. Doch es ließ sich nicht mehr aufhalten, es stieg einfach so in ihr hoch. Schnell presste sie sich die Hand auf die Lippen, es half nichts. Der Knoten, der Druck um ihren Brustkorb, löste sich.

Unter ihrer Hand begannen sich ihre Mundwinkel zu verziehen. Sie suchte seine Augen als Fixpunkt, versuchte Halt darin zu finden. Doch sie konnte nicht mehr. Sie prustete durch ihre Handfläche und begann haltlos zu lachen. Sie hatte einfach keine Chance.

Er verstand die Welt nicht mehr, die Frau war bekloppt! Das war doch alles ein Scherz! Sie lachte und hielt sich den Bauch, Tränen liefen ihr übers Gesicht. Einige Sekunden ertrug er dieses Schauspiel, dann packte er sie bei den Schultern und drehte sie zu sich. Wie gern hätte er sie geschüttelt, doch er beherrschte sich.

„Was, verflucht, ist in Sie gefahren?" Ihre Schultern bebten unter seinen Händen. Sie wischte sich die Tränen aus den Augenwinkeln und gluckste.

Sie versuchte sich zusammenzureißen. „Tschuldigung!", presste sie unter Lachen hervor. Sie probierte ihm in die Augen zu sehen. Unter Einsatz ihrer ganzen Willenskraft atmete sie einige Male tief ein und aus. „Puh", sagte sie, so normal wie möglich, und wischte sich erneut Tränen von ihren Wangen. „Verdammt lange nicht mehr so gelacht!" Atmete nochmals tief und wusste endlich, was sie machen musste. „Warten Sie hier." Sie wandte sich ihren Kindern zu. Diese sahen sie verwirrt an. „Kommt meine Gören", und musste schon wieder grinsen: „Ich gebe euch drinnen ein Eis." Die Kinder liefen widerspruchslos vor ihr die Treppe hoch, froh, der Situation zu entrinnen.

Sie drehte sich zu dem Fremden um und nickte, um ihm zu verstehen zu geben, dass sie wiederkommen würde.

Verdattert sah er ihr nach. Unfähig, auch nur einen klaren Gedanken zu fassen. Wer war diese Frau? Sein Blick fiel auf ihre nackten Füße. Er konnte sich nicht rühren. So etwas war ihm noch nie passiert! Da kam sie auch schon zurück.

In der einen Hand einen Lappen und ein Handtuch, in der anderen ein Messer. Sein Magen verkrampfte sich. Unwillkürlich trat er einen Schritt zurück. Ihre Augen strahlten. Oh Gott, die ist ja vollkommen irre! Nervös wich er zwei weitere Schritte vor ihr zurück, als sie zu ihm auf die Straße trat. Er beobachtete argwöhnisch, wie sie in die Knie ging und mit dem Messer in der Hand kraftvoll ausholte. Was um Himmels Willen tat sie da?

Doch er wagte nicht, sie aufzuhalten. Mit voller Wucht zerstach sie den Ball, der mit einem pfeifenden Geräusch schnell kleiner wurde. Breit grinsend stand sie auf und reichte ihm Ball und Messer. Lag da etwa Triumph in ihren Augen? Dann nahm sie den feuchten Lappen und wischte vorsichtig (immer noch lächelnd) in kleinen Kreisen über die Stoßstange, auf der sich die Delle befand und trocknete die Stelle mit dem zweiten Tuch. Danach trat sie einen Schritt zurück und begutachtete ihr Werk. Er konnte nicht aufhören, sie entgeistert anzustarren.

Sie strahlte über das ganze Gesicht. „Na, das sieht doch aus wie neu. Wie frisch vom Fließband!" Sie sah ihn an. Diesmal leuchteten ihre Augen und ihre Stimme klang auch ganz anders, viel weicher. Auffordernd streckte sie

163

ihm die Hände entgegen. Er übergab ihr, vollkommen in ihrem Bann, das Messer. „Na los, schauen Sie schon nach!"
Erst da konnte er wieder seinen Wagen wahrnehmen. Mit einem abschätzigen Blick auf Frau und Messer ging er selbst in die Knie und begutachtete die Stelle. Nichts! Nicht der Hauch eines Kratzers. Er blickte irritiert zu ihr auf, sie fröhlich zu ihm hinunter. Flink sortierte sie all ihre Sachen in ihren linken Arm und streckte ihm ihre rechte Hand entgegen. Er nahm sie, während er sich langsam aufrichtete, um das Größenverhältnis wieder in Ordnung zu bringen.
„War nicht so nett, Sie kennenzulernen, aber ich wünsche Ihnen trotzdem noch einen schönen Tag."
Sie lächelte ihn an. Er bemerkte winzige Fältchen um ihre Augen. Es sah aus, als ob sie gerne und viel lachte. „Und danke, Sie haben mich zum Lachen gebracht. Vielen Dank. So habe ich lange nicht mehr gelacht." Damit wandte sie sich ab und ging die Treppe hinauf ins Haus. Er stand reglos da und starrte zur Haustür.

Schließlich stieg er kopfschüttelnd in sein Auto. Den zerschnittenen Ball legte er neben sich auf den Sitz, startete seinen Porsche, erfreute sich am Motorengeräusch und fuhr los. Zu seinem Meeting, zu dem er endgültig zu spät kommen würde.

Kleines Mädchen

Tanja Metternich

Das kleine Mädchen hielt die Arme fest um seine nackten Beine geschlungen. Es war so warm, dass es nur einen geflickten kurzen Rock und ein Trägerhemdchen trug. Seine Wange ruhte auf einem seiner Knie. Es saß auf dem Kiesbett am Rande eines fröhlich dahinplätschernden Baches. Gleich zu seinen Füßen, an einer ruhigen Stelle des Gewässers, tummelten sich jede Menge kleiner schwarzer Kaulquappen. Eigentlich trug das Mädchen immer eine Tasche bei sich, mit einem kleinen Einmachglas darin. Es fing gerne Tiere ein, um sie eine Weile zu beobachten und schließlich wieder freizulassen. Doch nicht heute. Heute wollte sie nicht.

Warum war die Mama immer wieder so, grübelte Anna. Sie hatte doch gar nichts Böses getan!

Ihre Mutter hatte in der Küche gestanden, irgendetwas mit dem Mixer bearbeitet und dabei nicht gehört, als es klingelte. Also war Anna zur Türe gegangen. Es war der Postbote. Sie eilte in die Küche, um Bescheid zu sagen. Anna hatte noch nicht den Mund aufgemacht, da fuhr ihre Mama erschrocken herum, erkannte Anna, holte mit der freien Hand aus und sah sie dabei wütend und hasserfüllt an.

„Du …!", fauchte ihre Mutter.

Anna zuckte erschrocken zusammen, machte sich bereit, in Deckung zu gehen. Schnell erklärte sie: „Es ist doch nur der Postbote." „Verschwinde!", drohte die Mama mit erhobener Hand.

„Aber an der Tür …!", versuchte sie kleinlaut zu erklären.

„Weg hier!", brüllte sie.

Und dabei hatte an der Tür der Postbote gestanden. Die ganze Zeit. Beschämt ging Anna zurück in den Flur auf den Postboten zu. Sie traute sich kaum, ihm in die Augen zu schauen. Was sollte sie nur sagen? Er hatte doch bestimmt alles mitangehört. Doch er lächelte ihr freundlich entgegen, als hätte er nichts mitbekommen, wollte etwas sagen und hob den Blick. Sie folgte seinen Augen – ihre Mama stand hinter ihr. Schnell huschte Anna in ihr Zimmer. Es fiel ihr nicht leicht, die Türe leise zu schließen, als wäre nichts gewesen.

Ihr Herz klopfte schnell und hart in ihrer Brust. Sie atmete, als wäre sie gerannt. Sie war wütend. Anna hatte nichts gemacht. Einfach nichts gemacht, und trotzdem war die Mama so. Warum? Wie gehetzt blickte sie sich in ihrem Zimmer um. Diese Wut! Sie fühlte sich so hilflos mit dieser Wut. Ihre Augen blieben an einem Poster hängen. Ihre Mama hatte es ihr mitgebracht. Ohne nachzudenken griff sie danach und riss es mit einem Ruck von der Wand. Wollte es zerreißen, zerknüllen und am liebsten aus dem Fenster oder in den Müll werfen. Doch im gleichen Augenblick sah sie, dass eine Ecke des Papiers noch an der Wand hing. Sie begann zu weinen. Die Tränen machten sie fast blind. Sie musste das Poster wieder aufhängen. Wie sollte sie es sonst der Mama erklären? Anna schaffte es. Auf den ersten Blick sah man nicht, dass sie es von der Wand gerissen hatte. Alles sah aus wie immer. Ordentlich.

Nach dem stillen Mittagessen war sie dann hierhergelaufen.

Sie fühlte die warme Haut ihres Knies unter ihrer Wange. Das war ein angenehmes Gefühl. Anna schloss die Augen und fühlte gleichzeitig die Sonne in ihrem Rücken. Auch sie wärmte. Fast wie eine Umarmung. Langsam hob sie den Kopf und blickte aufs Wasser. Es plätscherte weiter fröhlich über die Steine. Ein Schwarm kleiner Fische ließ sich mit dem Strom treiben. Und da – sie beugte sich neugierig weiter vor, stützte sich mit beiden Händen im Kies ab – Die Kaulquappen waren ja immer noch da! Schade, dass sie ihre Tasche nicht dabei hatte.

Kabirs Gerechtigkeit

Ratbil Ahang

Was er sah, konnte er kaum glauben: fünf Halbwüchsige, 15 oder 16 Jahre alt, bespuckten und schlugen einen schmächtigen Jungen, der offenbar jünger war als seine Peiniger. Das Opfer konnte oder wollte sich angesichts der Übermacht seiner Gegner nicht wehren. Er versuchte, so gut es ging, sein Gesicht zu schützen und probierte ab und an den Kreis, den sie um ihn gezogen hatten, zu durchbrechen. Doch das gelang ihm nicht, die anderen Jungen stießen ihn immer wieder zurück und setzten ihr Spiel, das ihnen großen Spaß zu machen schien, unbekümmert fort.

20 und 4 Geschichten

Kabir war außer sich vor Wut. Laut fluchend verließ er das Badezimmer, von dessen Fenster aus er Zeuge dieser Grausamkeit auf der Straße vor seinem Haus geworden war. „Ihr Söhne eines Esels!", rief er wütend, während er sich schnell eine Jacke überwarf und seine Schuhe anzog, ohne die Schnüre zuzubinden. „Was ist los, was ist passiert?", fragte seine Frau verwundert aus der Küche. „Wer hat dich denn geärgert?" Kabir hatte keine Zeit, um seiner Frau Rede und Antwort zu stehen. Er schoss die Treppe herunter und rief über die Schulter: „Ich muss ein paar Bastarden eine Lektion erteilen. Bin sofort wieder zurück." „Beeil dich", erwiderte seine Frau in schrillem Ton, „das Essen ist bald fertig."

Im Nu war er auf der Straße. Nur noch wenige Meter trennten ihn von den „Bastarden", die immer noch genussvoll ihr Opfer, das nun auf dem Boden lag, schikanierten. Sie lachten und jaulten vor Freude. „Was sind das nur für Menschen?", fragte sich Kabir. Die jungen Leute hatte er noch nie gesehen. Sie waren nicht aus diesem Viertel. Alle Halbstarken aus seiner Gegend kannte er ganz gut, doch diese

171

Gesichter kamen ihm überhaupt nicht bekannt vor. Umso besser, dachte er, dann konnte er sie noch härter anfassen, als er es ohnehin vorhatte.

Bis auf die Jugendlichen war niemand auf der Straße. Kein Wunder, es war ein Freitagmittag und alle saßen zuhause um den „destarkhan"*. Kabir freute sich, dass er keine Zuschauer hatte. Er wollte den Bastarden ein paar auf die Fresse geben, damit sie sich nie wieder an einem Schwächeren vergriffen.

„Hört auf, ihr Söhne von Zuhältern!", schrie er, als er nur noch zwei Schritte von der Bande entfernt war. Die Jugendlichen schauten sich erschrocken um. Bis sie merkten, woher die Stimme kam, war Kabir auch schon beim ersten und verpasste ihm eine Ohrfeige, dass er rücklings zu Boden fiel. Dann packte er sich einen zweiten, und während er die Hand hob, um ihm ins Gesicht zu schlagen, sagte er voller Zorn: „Fünf gegen einen? Wie feige ist das denn?" Doch bevor er wieder zuschlagen konnte, rief einer der Jugendlichen aufgeregt und mit schriller Stimme: „Onkel**, seien Sie doch nicht sauer, wir schlagen nur einen Hindu."

Kabir hielt plötzlich inne. Was hatte er soeben gehört? Er konnte es nicht fassen! Ohne den Jungen, den er so fest am Kragen gepackt hatte, loszulassen, sagte er keuchend: „Was? Was hast du gesagt?" „Onkel", wiederholte der andere mit mehr Ruhe in seiner Stimme, „Onkel, er ist nur ein Hindu. Wir sind ihm schon fast eine Stunde hinterhergelaufen. Er ist nur ein stinkender kafir (Ungläubiger). Wir schlagen ja nur einen Hindu." Kabir verstand die Welt nicht mehr!

Er drehte sich zu dem am Boden kauernden Jungen und fragte mit ärgerlicher Stimme: „Bist du ein Hindu?" Der Junge am Boden rührte sich erst gar nicht. Einige Sekunden später nickte er vorsichtig. Kabirs Faust neigte sich langsam, er ließ den Jungen los, den er so fest angepackt hatte, und sagte fast entschuldigend: „Woher sollte ich das wissen?" Er schien ein wenig ratlos zu sein. Dann sagte er: „Es reicht aber jetzt. Geht zurück nach Hause."

Dann half er dem Jungen, dem er eine Ohrfeige verpasst hatte, aufzustehen und ging schnellen

Schrittes wieder ins Haus zu seiner Familie, die mit dem Mittagessen auf ihn wartete.

*destarkhan: eine Art große Tischdecke, die man im Orient auf dem Boden ausbreitet, um die Speisen und das Geschirr darauf zu stellen. In vielen Ländern des Orients sitzt die Familie im Schneidersitz um den destarkhan und nimmt die Mahlzeiten zu sich.

**In vielen orientalischen Ländern werden auch fremde erwachsene Männer von jüngeren Menschen aus Respekt „Onkel" genannt.

Wahrheiten

Tanja Metternich

Sie schluckte, beugte sich ihm leicht über den Tisch entgegen.

Er saß da, hatte sich aufrecht in seinem Stuhl zurückgelehnt. Groß, gut aussehend. Sie spürte, dass es ihm nicht leicht gefallen war, ihr das zu sagen.

Vor langer Zeit hatten sie sich versprochen, immer ehrlich zueinander zu sein. Sie versuchte seinen Blick zu ergründen. Herauszufinden, ob er sie vielleicht nur aufziehen mochte. Doch sie fand kein listiges Funkeln. Ausatmend lehnte sie sich zurück: „Verstehe."

Ihre Hoffnung auf einen lange gehegten Traum begann zu bröckeln. Sie erinnerte sich an ein früheres Gespräch und griff diesen Gedanken auf: „Du sagst, du spielst nicht mit mir?" Wieder sah sie ihm forschend in die Augen, doch sie entdeckte nicht den erhofften Schalk in seinem Blick. „Und ob, mein Lieber. Nicht mit mir allein, sondern mit uns allen dreien. Und du merkst es nicht einmal." Sie musste durchatmen, sich sammeln. Jetzt war er es, der sich vorlehnte, um etwas zu sagen. Doch sie hob abwehrend die Hand. Sie wollte nichts hören und sprach selbst weiter: „Du möchtest dich für den großen 'Frauenversteher' halten? Vergiss es! Du verstehst ja selber nicht mal, was du da anrichtest."

Sie warf die Serviette, die auf ihrem Schoß gelegen hatte, neben ihren Teller. Sie fühlte sich enttäuscht und verletzt.

Kennengelernt hatten sie sich auf der Reisemesse in Berlin. Warum sie sich gerade jetzt daran erinnerte, wusste sie nicht. Sie waren zufällig gemeinsam in die Fänge eines der Reiseveranstalter geraten. Sie und Stefan, dessen Name sie damals noch nicht kannte, tauschten immer wieder Blicke. Sofort waren sie sich sympathisch gewesen, waren sich einig, an der vorgestellten Busreise nicht teilzunehmen. Keiner der beiden wollte unhöflich den eifrigen Mann unterbrechen.

Mitten im Monolog des Veranstalters fragte Stefan sie plötzlich erschrocken: „Geht es dir nicht gut?"

Eine winzige Sekunde sah sie ihm irritiert in die Augen, bis sie verstand. Ihre Hand schnellte zu ihrem Mund, die andere zu ihrem Bauch. Sie bemühte sich, gequält auszusehen, obwohl sie eher ein Lachen unterdrücken musste, und nickte nur.

Er legte ihr einen Arm um die Schultern, den anderen an ihren Ellbogen: „Dann schnell, Liebes! Ich bring dich raus."

Kaum waren sie aus der Sicht des Veranstalters verschwunden, begannen sie herzhaft zu lachen.

„Lust auf `nen Kaffee?", fragte Stefan schließlich.

Seitdem waren vier wundervolle Jahre vergangen.

Es war eine unglaublich schöne Zeit, auf die sie zurückblicken konnte. Nie hatte sie sich so verstanden und geliebt gefühlt. Sie hatte akzeptieren können, dass er verheiratet war, seine Familie jedoch nicht verlassen konnte. Aber jetzt auch noch die Dritte zu sein? Ihre Liebe, seine Gefühle zu teilen?! Ihre Kehle schnürte sich zu. Sie griff nach ihrem Weinglas und leerte es in einem Zug, um es dann langsam auf den Tisch zurückzustellen. Sie schauten sich wortlos an. Für einen Augenblick verlor sie sich in seinen Augen. Fand diese besondere Vertrautheit, diese Geborgenheit. Dann wieder dieses keimende Wissen um die andere Wahrheit. Sie musste mit den Tränen kämpfen, rang um Fassung.

Mit zittriger Stimme sprach sie weiter. Der Kloß in ihrem Hals hinderte sie fast daran: „Ich habe mich in meinem Leben noch nie so verletzt gefühlt." Leider liefen ihr nun doch ein paar Tränen übers Gesicht.

Wie war es möglich, dass ein Mensch, der ihr vier Jahre lang die schönsten Worte zugeflüstert hatte, nun das aß und imstande war, ihr so sehr wehzutun? Konnte sie so weitermachen?

„Ich kann das nicht", flüsterte sie und senkte den Blick auf ihren noch immer ungefüllten Teller. Nicht mal bis zum Essen waren sie gekommen. Sie waren oft hier gewesen, in ihrem kleinen gemütlichen Lieblingsrestaurant. Mit einem Mal sackte innerlich alles in ihr zusammen. Trotzdem schaffte sie es, die Schultern zu straffen und aufzustehen.

Sie musste jetzt gehen, das wusste sie. Dabei würde sie ihn so gern in die Arme nehmen, ihn berühren und seinen Duft aufnehmen. Sie wusste, dass er sie liebte, auf seine eigene, besondere Art und Weise. Warum konnte sie es nicht leichter nehmen?

Ohne ein weiteres Wort, sie konnte nicht bleiben, wandte sie sich dem Tresen zu, legte dem Kellner einen Schein hin, um ihren Anteil zu zahlen, und ging hinaus.

Stephan beobachtete sie genau. Er verstand nicht, was gerade passierte. Für ihn war das alles unkompliziert: Er empfand etwas für seine Frau, für sie und nun auch noch für eine neue Kollegin. Er fühlte sich kein bisschen schuldig oder unwohl bei der Aufteilung seiner Gefühle. Eigentlich hatte er von ihr für seine Offenheit, dafür, dass er von seiner neuen „Bekanntschaft" erzählt hatte, zumindest Verständnis erwartet. Nie hatte er so ehrlich und aufrichtig mit jemandem sein können wie mit ihr. Er hatte ihr immer zeigen dürfen, wer er wirklich war, was er empfand. Was also lief hier schief? Er ließ sie nicht aus den Augen, als sie sich ihren Mantel holte und schließlich die Tür hinter ihr zufiel.

Sie hatte sich beim Hinausgehen nicht zu ihm umgedreht. Er fühlte sich elend, wurde wütend. Er musste ihr hinterher. Auch er warf dem Kellner einen Schein hin. Viel zu viel. Er entdeckte sie am Ende der Straße und begann zu rennen. „Katja, warte!" Sie blieb stehen. Drehte sich aber nicht um. Als er sie endlich erreichte, legte er ihr eine Hand auf die Schulter, um sie sanft zu sich herumzudrehen. Sie trat sofort einen Schritt von ihm zurück, sodass seine Hand von ihrer Schulter herunterglitt. Ihre Wangen waren nass. Das hatte er nicht gewollt.

20 und 4 Geschichten

„Hey", sagte er sanft und wollte ihr übers Gesicht streicheln. Doch wieder zog sie sich zurück. „Hey, ich liebe dich doch!"

Ihr Magen verkrampfte sich. „Ja, das sagst du oft." Er sah sie auf diese liebevolle Weise an, die ihr durch und durch ging. Die sie hoffen ließ. Sie schloss die Augen. Versuchte sich zu konzentrieren. Öffnete sie.

„Aber nicht nur mich." Es tat so unglaublich weh. „Ich dachte immer, nein, ich habe immer gehofft, dass diese besondere Liebe nur mir gelten würde." Die Tränen liefen weiter. Doch es war ihr egal. „Das ist aber ein Irrtum." Sie hörte, wie kratzig ihre Stimme klang. „In Wirklichkeit war ich nie dieser eine, besondere Mensch für dich. Nicht so wie du für mich."

„Katja", warf er ein, „jetzt hör aber auf. Du weißt ganz genau, dass ich alles für dich tun würde."

Sie lachte zynisch auf: „Das ist nicht wahr, und das weißt DU ganz genau. Nicht so, wie ich es mir wünsche. Du liebst anders." Sie sah ihm in die Augen und erkannte endlich genau das.

„Wie konnte ich so blind sein?" Er trat vor und packte sie an ihren Oberarmen.

„Katja, bitte. Ich liebe dich."

Sie atmete tief durch und sprach mit einer gewissen Härte in der Stimme. „...und deine Frau und die Neue. Das ist so...", sie rang nach Worten: „Kannst du nicht erkennen, wie leer diese Worte für mich sind? Die meisten Frauen wünschen sich etwas ganz anderes. Bitte gib deiner neuen Flamme die Möglichkeit, selbst zu entscheiden. Sag ihr, dass deine Worte nichts als Müll sind. Und dass sie sich früher oder später wie eine Mülldeponie fühlen wird!" Sie machte eine Pause. Er sah sie verwirrt an. Sie zuckte mit den Schultern.

„Wir haben uns doch Ehrlichkeit versprochen. Und jetzt lass mich endlich gehen!"

Er ließ sie los. Seltsam erleichtert nahm sie ihren Weg wieder auf.

Stefan stand da und sah ihr fassungslos hinterher.

Muslime verlieben sich nicht

Ratbil Ahang

Als Munir schlaftrunken ans Telefon ging, war es bereits kurz nach drei Uhr morgens. Er war zwar sehr müde, dennoch fest entschlossen, denjenigen, der ihn um diese Uhrzeit angerufen hatte, nach allen Regeln der Kunst zur Sau zu machen.

„Spreche ich mit Herrn Mu…Mu…Muniiiir Saa…Saafaaari?", fragte eine unfreundliche, amtliche Stimme, die gewohnt war, Befehle zu erteilen. Bevor Munir auch nur ein Wort sagen konnte, hörte er die Stimme wieder im selben Ton sagen: „Hier ist die Polizei aus Bonn-Süd." Munir wurden schlagartig die Knie weich. Der Mann auf der anderen Seite des Apparates sagte noch ein, zwei Sätze, doch Munir konnte nicht mehr richtig zuhören. „Jetzt haben sie mich", dachte er.

Ihm wurde plötzlich heiß. Seltsamerweise spürte er zugleich kalten Schweiß auf seiner Haut. Er begann zu zittern. Bilder der Vergangenheit schossen ihm durch den Kopf. Er sah sich mit elf Jahren vor dem großen roten Tor des Zentralgefängnisses. An dem Tag war er mit seinem Vater einkaufen gewesen. Aus dem Nichts waren mehrere Polizisten aufgetaucht und hatten sie schimpfend in einen großen Wagen gestoßen. Die Polizisten nahmen seinen Vater und ihn in die Mitte. Der Wagen fuhr in rasender Geschwindigkeit durch die Straßen.

Er hatte noch nie so viel Angst gehabt wie in jenem Augenblick. Auch deshalb, weil er sah, dass sein Vater voller Furcht war. Er erinnerte sich, dass sein Vater dennoch versucht hatte, ihn zu beruhigen: „Mach dir keine Sorgen, batschem (mein Sohn)." Die Sicherheitsbeamten hatten wohl auf dieses Wort gewartet, augenblicklich fingen sie an, auf seinen Vater einzuprügeln. Munir schrie, er rief um Hilfe. Er versuchte seinen Vater zu schützen, doch die Hände, die ihn festhielten, waren viel stärker als er.

Sein Vater verteidigte sich nicht. Er nahm die Schläge fast geduldig hin, und immer, wenn er Luft holen konnte, rief er keuchend: „Keine Sorge, Munir, keine Sorge." Die Polizisten beschimpften seinen Vater als „barttragenden Bastard", „einen verdammten Antirevolutionär". Diese Beleidigungen hatten für Munir keine Bedeutung.

Einen Monat hatte er im Gefängnis verbringen müssen. Getrennt von seinem Vater wurde er in einem separaten Trakt des großen grauen Gebäudes eingesperrt. Rund 50 weitere Kinder und Jugendliche saßen mit ihm zusammen in derselben kleinen Zelle. Nachts hörte er die Schmerzensschreie. Er bildete sich ein, dass keine der Stimmen die seines Vaters war. Seltsam, dachte er, dass die Menschen, wenn sie schrien, alle ähnlich klangen.

Einmal am Tag durfte er mit den anderen auf den großen Hof des Gefängnisses. Ab und zu wurden auch die Männer von Block 5 herausgelassen. Dreimal konnte er seinen Vater für kurze Zeit sehen. Er sah von Mal zu Mal abgemagerter und schlechter aus.

Sein Vater lachte immer, wenn er ihn unter den Gefangenen entdeckte. Das Lachen machte Munir Angst. Sein Vater hatte einige Zähne verloren, sein Gesicht war voller Narben und sein Kopf eine einzige Wunde. „Mach dir keine Sorgen, Munir", sagte er als erstes zu ihm. „Mir geht es gut." „Ich mache mir keine Sorgen, Baba jon (Papa)", log er mit seiner festesten Stimme. So logen sie sich jedes Mal an, bis die Wachen alle zurück in ihre Zellen stießen.

Als Munir nach einem Monat entlassen wurde und nach Hause kam, erkannte er seine Mutter kaum wieder. Sie war um Jahrzehnte gealtert. Erst jetzt konnte er der Familie erzählen, was geschehen war, und warum er und sein Vater vom Einkaufen nicht zurückgekommen waren. Den Vater sah er nie wieder. Bis heute will Munir es nicht wahrhaben, dass sein Vater im Gefängnis umgebracht wurde.

20 und 4 Geschichten

Als Munir zum zweiten Mal von Sicherheitsbeamten prügelnd ins Gefängnis gebracht wurde, war er Student. Ein „bartloser Bastard" sei er, sagten die bärtigen bewaffneten Männer, die nun im Land das Sagen hatten. Als „gottloser Hosenträger" wurde er beschimpft.

„Herr Saaafari", sagte eine ungeduldige Stimme, „Herr Saaafari!" Munir kam wieder zu sich. Ihm wurde plötzlich klar, dass er schon seit vielen Jahren in Deutschland lebte und nicht mehr verfolgt wurde. „Ja, am Apparat", antwortete er mit zittriger Stimme. „Herr Saafari, kennen Sie einen Herrn Parwez Saafari?", fragte der Polizist mit ungeduldigem Ton. Munir wollte gerade nein sagen, als ihm einfiel, dass er ja einen 17-jährigen Sohn hatte, der diesen Namen trug. Ihm wurde augenblicklich schlecht.

Was war passiert? War sein Sohn bei einem Autounfall umgekommen oder von irgendwelchen Neonazis zusammengeschlagen worden? Doch es fiel ihm ein, dass sich sein Sohn vor wenigen Stunden von ihm verabschiedet hatte und ins Bett gegangen war. Als Munir wie immer in seinem Zimmer das Licht ausgemacht hatte, schlief Parwez schon tief und fest. „Ich habe einen

Sohn, der so heißt", erklärte er eingeschüchtert. „Also, wir haben hier einen jungen Mann festgenommen, als er dabei war, in ein Haus einzubrechen. Er hat keine Papiere bei sich. Er behauptet, Ihr Sohn zu sein."

„Das kann nicht sein", sagte Munir mit fester Überzeugung. „Mein Sohn ist zuhause und schläft schon seit vielen Stunden." „Können Sie nachschauen?", befahl der Polizist, ohne sich auf Diskussionen einzulassen. Munir sagte: „Einen Moment, bitte", legte den Apparat neben die Station und ging mit leisen Schritten ins Zimmer seines Sohnes.

Als er eine Minute später zurückkam, war er kreidebleich. „Er ist nicht da", sagte er - wie ein Roboter - in den Hörer. Er ging nun mit dem Apparat in den Keller und dämpfte seine Stimme. „Ist er verletzt oder vielleicht…?" Der Polizist unterbrach ihn barsch: „Ich habe Ihnen doch gesagt, dass wir ihn festgenommen haben, als er in ein Haus einbrechen wollte." Kurze Pause. „Kommen Sie mit Ihren und den Papieren Ihres Sohnes so schnell wie möglich zu uns ins Präsidium."

Der Polizist legte auf und schaute den jungen Mann, der ihm gegenüber saß, angewidert an. Er sagte: „Dein Vater kommt gleich, dann sehen wir weiter." Der junge Mann, der mittlerweile so weiß war wie sein T-Shirt, rutschte unruhig auf seinem Stuhl hin und her und murmelte leise zu sich: „Ich bin ein toter Mann."

„Ich bringe ihn mit meinen eigenen Händen um", sagte Munir zu sich, als er vor dem Polizeipräsidium aus seinem Auto ausstieg. Wie konnte es möglich sein? Er und seine Frau hatten alles unternommen, damit es ihren Kindern an nichts fehlte. Wie war es möglich, dass ihr ältester Sohn ein Dieb wurde? Wie sollte er das seiner Frau erklären? Und den Verwandten? Sein Sohn – ein Verbrecher? Am liebsten wäre er vor Scham im Boden versunken, als er den Polizisten am Empfang erklärte, warum er da war.

Er wurde von einem jungen Beamten durch enge Flure in ein Zimmer begleitet, das sehr spartanisch eingerichtet war. Eine Polizistin, schmal, blond, rund 30 Jahre alt, und ein Polizist, groß, sportlich, mit Dreitagebart, Mitte Fünfzig, warteten dort mit seinem Sohn, der, wie er sofort feststellen konnte, unverletzt war. Die beiden Beamten stellten sich förmlich vor, die Polizistin lächelte ihm beruhigend zu. Munir wurde ein Stuhl angeboten und man verlangte nach seinen Papieren. Er gab seinen Ausweis und den seines Sohnes dem Polizisten, der offensichtlich die Untersuchung leitete. Er sah sehr müde und genervt aus. Polizisten sehen wohl in jedem Land müde und genervt aus, wenn sie ihre Untersuchungen mitten in der Nacht durchführen müssen, dachte Munir. Im Zimmer roch es merkwürdig. Nicht so wie in den Polizeistationen, die er von früher kannte, doch auch nicht angenehmer.

Sein Sohn vermied es, ihn anzuschauen, während die Polizisten damit beschäftigt waren, seine Personalien festzustellen. „Khodem mekoshomet (ich selbst werde dich umbringen)", sagte er zischend zu seinem Sohn, ohne ihn direkt anzusehen.

„Was haben Sie gesagt?", fragte der Beamte streng und blickte auf. „Bitte nur Deutsch", wies er Munir zurecht, „wir sind hier in Deutschland." „Ich fragte ihn, warum er das getan hat", sagte Munir und schaute von einem Beamten zum anderen. „Haben Sie bitte einen Moment Geduld, gleich werden wir alles klären", sagte der Chefermittler skeptisch. Er war sich offenbar nicht ganz sicher, ob Munir wahrheitsgemäß übersetzt hatte oder nicht.

„Nun denn", meldete sich der Beamte wieder und machte ein sehr ernstes Gesicht. Munir musste sich immer wieder sagen, dass er in Deutschland war und die Polizisten in diesem Land ihre Bürger, selbst die sogenannten ausländischen Mitbürger, nicht schikanieren durften. „Wir haben Ihren Sohn auf frischer Tat ertappt", sagte der Beamte gequält und blickte müde, aber streng zuerst Munir und dann Parwez an. Der junge Mann schaute mit gesenktem Kopf zu Boden. Er war offenbar mit seinen eigenen Gedanken beschäftigt.

Wie konnte alles so schiefgehen, schien sich Parwez unentwegt zu fragen. Er hatte eigentlich alles sehr gut geplant. Das Objekt hatte er lange beobachtet. Er wusste ganz genau, wie er rasch rein und raus gehen konnte. Einen Hund hatte der Hausbesitzer nicht, auch das hatte er im Rahmen seiner Recherchen in Erfahrung gebracht. Doch just in dem Moment, in dem er von der Mauer herunterspringen wollte, wurde er von zwei Beamten in einem zufällig vorbeifahrenden Streifenwagen entdeckt. Er ergab sich, ohne Widerstand zu leisten. Die Maske, eine alte Strumpfhose seiner Mutter, wurde ihm erst im Wagen von der anwesenden Polizistin abgenommen.

„Was wolltest du klauen?", fragte ihn sein Vater und schaute ihn direkt an. Parwez sah zu Boden und sagte kein Wort. „Ihr Sohn behauptet", lachte der Polizist trocken und voller Verachtung, „dass er gar nicht klauen wollte." Der Beamte strich mit seiner linken Handfläche langsam und mit Druck über seinen fast kahlen Kopf und holte tief Luft, um wieder das Wort zu ergreifen. „Er sagt, dass er nur in dieses Haus einsteigen wollte, um einer Mitschülerin einen Maibaum zu setzen."

Der Beamte zeigte zu seiner linken Seite. Munir war nun restlos irritiert. Was war das für eine blöde Ausrede? „Was wolltest du da machen?", fragte er wieder direkt seinen Sohn. Der Polizist schaute genüsslich, wie der Vater Parwez unter Druck setzte. Der sprach immer noch kein Wort und schaute nur zu Boden.

„Was für einen Baum?", fragte Munir jetzt völlig hilflos die Beamten. „Den da", sagte der Polizist und zeigte auf die linke Ecke des Zimmers hinter Munir. Munir drehte sich langsam um. Er hatte das Gefühl, dass sie sich über ihn lustig machten. Sekunden später entdeckte er tatsächlich einen an der hellgelben Wand angelehnten dünnen Stamm von etwa fünf Zentimetern Dicke und zwei Metern Höhe.

Der Baum war mit verschiedenen bunten Stoffstreifen geschmückt.

Der komische Baum erinnerte Munir an die vielen Gräber von Märtyrern, die er als Kind mit seinem Vater besuchen musste. Dünne lange Holzstangen, behangen mit bunten Stofffetzen, ragten auf jedem Grab empor. Wenn der Wind wehte, flatterten die Stofffetzen wild hin und her und erzeugten einen furchteinflößenden Ton.

Sein Vater nannte diesen Klang die Wehklagen der unschuldig getöteten Menschen. Die Lebenden, sagte er dann bedächtig, sollten sich diesen Gesang merken. Munir hasste es, mit seinem Vater diese Gräber zu besuchen, und den Totengesang verabscheute er am meisten.

Während auf den Märtyrerflaggen immer eine ausgebreitete Hand aus Blech befestigt war, hing an diesem Baum ein rund 40 Zentimeter großes rotes Holzherz, auf dem mit goldenen Lettern „Anne" stand. „Okeeeeeee", sagte Munir und wandte sich wieder den Anwesenden im Raum zu, „ich verstehe immer noch nichts."

Nun meldete sich die junge Polizistin, die die ganze Zeit kaum ein Wort gesagt hatte. Sie räusperte sich. „Herr Munir, in Deutschland gibt es eine Tradition, nach der immer am Abend vor dem ersten Mai junge Verliebte einen geschmückten Baum unter das Fenster ihrer Angebeteten setzen." Als sie zu Ende erklärt hatte, schaute sie unsicher zu ihrem Kollegen. Sie wollte offenbar wissen, ob sie offiziell genug gesprochen hatte.

Munir war keinesfalls schlauer als vorher. Er schaute immer noch reichlich verdattert von einem Beamten zum anderen. Die Polizistin startete einen erneuten Versuch: „Ihr Sohn ist, so behauptet er, verliebt in seine Mitschülerin Anne. Also hat er einen Baum, diesen da, geholt, geschmückt und wollte ihn unter ihr Fenster setzen." Sie schaute, während sie sprach, Parwez fast zärtlich bewundernd an, was aber keinem der Männer im Raum auffiel. „Ihr Sohn sagt, dass er die Maske nur getragen hat, weil er nicht von der Mitschülerin erkannt werden wollte, falls sie ihn sehen würde. Wir haben versucht, mit der betroffenen Familie Kontakt aufzunehmen, doch das Haus schien verlassen. Wir haben eine Nachricht hinterlassen, dass sie sich bei uns melden sollen, sobald sie wieder da sind. Die Hausbesitzer können Anzeige erstatten oder die Version Ihres Sohnes bestätigen", schloss sie und schaute Munir erwartungsvoll an.

„Wo hast du den Baum her?", fragte Munir seinen Sohn. Parwez sprach immer noch kein Wort. Munir riss der Geduldsfaden. Er sprang auf und schrie seinen Sohn an, so laut er konnte: „Nun rede mit mir, verdammt noch mal! Was ist los mit dir? Weißt du, was du uns antust, du gottverdammter Idiot?"

„Na, na, na", protestierte der Polizist. „Nun lassen Sie das Geschrei, das bringt doch nichts."

„Aus dem Witterschlicker Wäldchen", sagte Parwez krächzend, noch immer zu Boden schauend.

„Was sagst du?", fragte Munir, der sich ein wenig beruhigt hatte. „Das ist doch jetzt nicht wichtig", meldete sich der Polizist wieder zu Wort. „Ich sehe das so", fuhr er, wie ein Mensch, der alles klar sieht, fort, „das mit dem Baum ist eine billige Ausrede. Er und seine Komplizen wollten in das herrschaftliche Haus an der Hermann-Hesse-Straße 21 einbrechen, doch wir kamen ihnen zuvor." An die Beteuerungen des jungen Mannes schien er kein bisschen zu glauben, dafür hatte er sicherlich zu viele Ausreden im Laufe seiner Arbeit als Polizist gehört. Ihm war wohl auch völlig neu, dass Muslime sich verliebten.

Es klopfte an der Tür. Tock, tock. Der junge Polizist vom Empfang kam herein und sagte, dass die Familie S. angerufen hatte und Herr S. gern mit dem Kommissar sprechen würde. Der Beamte stand flink auf. Seine bis dahin zur Schau gestellte Müdigkeit war im Nu verflogen. „Na endlich", sagte er und verließ eilig den Raum. Munir war elend zumute.

Er hätte am liebsten losgeschrien, doch er beherrschte sich. „Aga tu bache khar feker mekoni ke da zendan didanet meyayem, kor khandi.

20 und 4 Geschichten

(Wenn du Sohn eines Esels denkst, dass wir dich im Gefängnis besuchen werden, dann irrst du dich gewaltig.) Diga awlad ma nesti (Du bist nicht mehr unser Kind)." Während Munir diese Worte sprach, schaute er auf einen unbestimmten Punkt auf dem Schreibtisch. Er hatte damit gerechnet, dass die anwesende Polizistin protestiert, doch sie blieb gelassen. Sie fragte lediglich den jungen Mann, ob er ein Glas Wasser haben möchte.

Die Tür flog auf. Der Chefermittler kam herein und winkte seine Kollegin extrem aggressiv zu sich. Sie gingen hinaus. Munir und Parwez waren jetzt allein. Beide waren nicht in der Lage, auch nur ein Wort zu sagen. Was würde jetzt folgen? Es dauerte gefühlte zehn Jahre, bis die Polizistin wieder eintrat. Sie lächelte triumphierend. „Sie können gehen", sagte sie wie eine Kämpferin, die lange auf ihren Sieg gewartet hatte. „Vergiss deinen Baum nicht", sagte sie zu Parwez und fügte augenzwinkernd hinzu, „Anne bestellt dir schöne Grüße."

Munir und Parwez verließen, ohne weitere Fragen zu stellen, im Laufschritt das Polizeipräsidium. Munir hatte schon als Kind gelernt, dass

197

man Polizisten keine Fragen stellen sollte. Er öffnete den Kofferraum seines Autos und schob den Baum in den Wagen. Rasch setzte er sich ans Steuer. Parwez hatte kaum die Tür des Wagens geschlossen, da fuhr sein Vater auch schon los. Parwez wäre lieber im Polizeipräsidium geblieben. Er wusste, was jetzt kommen würde: unendliche Predigten.

Die Geschichte seiner gesamten Familie bis zum Ur- Ur- Ur- Urgroßvater. All die Opfer, die sie gebracht hatten. Die Vorwürfe, die tieftraurige Stimme seines Vaters, die weinenden Augen seiner Mutter und zu allem Übel noch die Häme der ganzen Schule. „Da wären wir", hörte er seinen Vater sagen. Sollte er weglaufen? Er schaute aus dem Autofenster.

Wo waren sie? „Wo sind wir?", fragte er erschrocken. „Hermann-Hesse-Straße 21. Anne wartet auf ihren Baum, also los, und vermassele es nicht noch mal". Es dauerte ein paar Sekunden, bis Parwez begriff, was sein Vater von ihm verlangte. Angesichts seiner schlechten Karten wagte er es nicht, seinem Vater zu widersprechen. Er sprang hinaus, holte den Baum aus dem Wagen und stand im nächsten

Moment auf der Mauer eines sehr schönen, großen Hauses. Munir sah, wie sein Sohn von der Dunkelheit verschluckt und kurze Zeit später wieder ausgespuckt wurde.

„Los, los, los", hörte er seinen Sohn sagen, als er wieder im Wagen saß. Munir gab Gas. „Weiß Mama von der ganzen Geschichte?", fragte Parwez nach einer Weile. „Mach dir keine Sorgen, mein Sohn", sagte Munir. „Sie schlief als ich ging. Und außerdem würde sie uns die Geschichte mit dem Baum sowieso nicht glauben. Sie ist bei Weitem skeptischer als die Polizei." Munir musste selbst über seine Worte lachen. „Deine Mutter verlangte damals von mir Rosen. Jeden Tag. Ich musste ihr die Rose während der Vorlesungszeit unbemerkt auf ihr Pult legen und in der vorlesungsfreien Zeit heimlich über die Mauer ihres Hauses in den Garten werfen."

Munir hörte auf zu sprechen. Er schaute seinen Sohn neugierig an und wollte sehen, ob er überhaupt zugehört hatte. Parwez hatte zugehört. Er hatte dessen volle Aufmerksamkeit. Also fuhr er beherzt fort: „Nun, wie schenkt man Rosen, wenn man sie sich nicht leisten kann?

Man klaut sie aus den Gärten anderer Leute."
„Sie* waren mal verliebt?", fragte Munirs Sohn
ungläubig. Munir hatte mit dieser Frage nicht
gerechnet. Er schaute auf die Straße, setzte den
Blinker, bog nach links ab und merkte, dass er
leicht verärgert war. „Nein, ich war nicht verliebt, nie. Ich bin mit zwei Kindern, einer Ehefrau und jede Menge Schulden zur Welt gekommen", zischte er, während er abwechselnd
auf die Straße und zu seinem Sohn schaute.
Parwez bemerkte die Ironie in der Stimme
seines Vaters und musste lachen. „Verstehe",
sagte er. „Du verstehst gar nichts", erwiderte
Munir lachend, dann wurde er plötzlich ganz
ernst: „Ab heute stehst du in meiner Schuld. Du
tust das, was ich dir sage, ohne Wenn und Aber.
Oder ich erzähle alles deiner Mama." „Das ist
Erpressung", protestierte Parwez. „Ich weiß,
mein Sohn, ich weiß", antwortete Munir und
lachte zufrieden.

*In der orientalischen Erziehung ist es oft
üblich, dass die Kinder ihre Eltern siezen.